文 庫

新 潮 社 版

11445

PROLOGUE

川崎――この北西南東に細長い形をした七区（麻生区《あさお》／多摩区／宮前区／高津区／中原区／幸区《さいわい》／川崎区）からなる市には、二〇二〇年現在、一五〇万人以上もの人々が住んでおり、非県庁所在地の人口で全国一に位置づけられる。横浜と東京という大都市に挟まれた立地と交通の便の良さを生かし、ベッドタウンとして開発されてきたが、市の最南、東京湾に面した川崎区の玄関口であるＪＲ川崎駅周辺は二〇〇六年開業の〈ラゾーナ川崎プラザ〉をはじめ、いくつものショッピングモール／ファッションビルが連なり、ハロウィンの仮装パレードが名物化するなど、レジャー・スポットとしても人気を集めている。ただ、同区はもともと臨海部の工場地帯と、そこで働く労働者のためのいわゆる〝飲む・打つ・買う〟の業種を中心に発展した。現在でも駅から少し離れれば、ソープランドや競輪場のような合法のものから、ちょんの間や裏カジノのような非合法のものまで様々な娯楽場が営業しているし、それらと密接な関わりを持つ暴力団の事務所も公然と門を構えている。住居を持たない労働者のための安価な宿泊所が建ち並ぶ、いわゆるドヤ街もある。〝川崎（区）〟と聞くと、「ガラが悪い」というイメージを連想する人も多いかもしれない。また、臨海部は京浜工業地帯の要《かなめ》で、第一次世界大戦の好景気によって発展、日本の軍需産業を支え、戦後も経済成長に貢献した一方、地元住民は公害問題に苦しめられ、長い訴訟を闘ってきた。おおひん地区（桜本／大島／浜町／池上町）と呼ばれるエリアでは、かつて、工場で働くために朝鮮半島から渡来した人々がコミュニティをつくり、彼らは差別に抗しながらも日本人との共生を試みてきた。さらに、近年は東南アジアや南米からの流入者も増え、多文化地区の様相を呈している。そういった、ある意味で日本の近代を象徴する、そして、未来を予言するような場所で、一五年、立て続けに陰惨な事件が起きた――。

2015年2月、中学1年生の少年が殺害され、遺体が遺棄された川崎区の多摩川河川敷。

煙を吐き出し、機械音を轟かせる京浜工業地帯の製油所。

川崎区池上町の路上で談笑するラップ・グループ BAD HOP のメンバーたち。

池上町の路上に打ち捨てられた小型トラック。

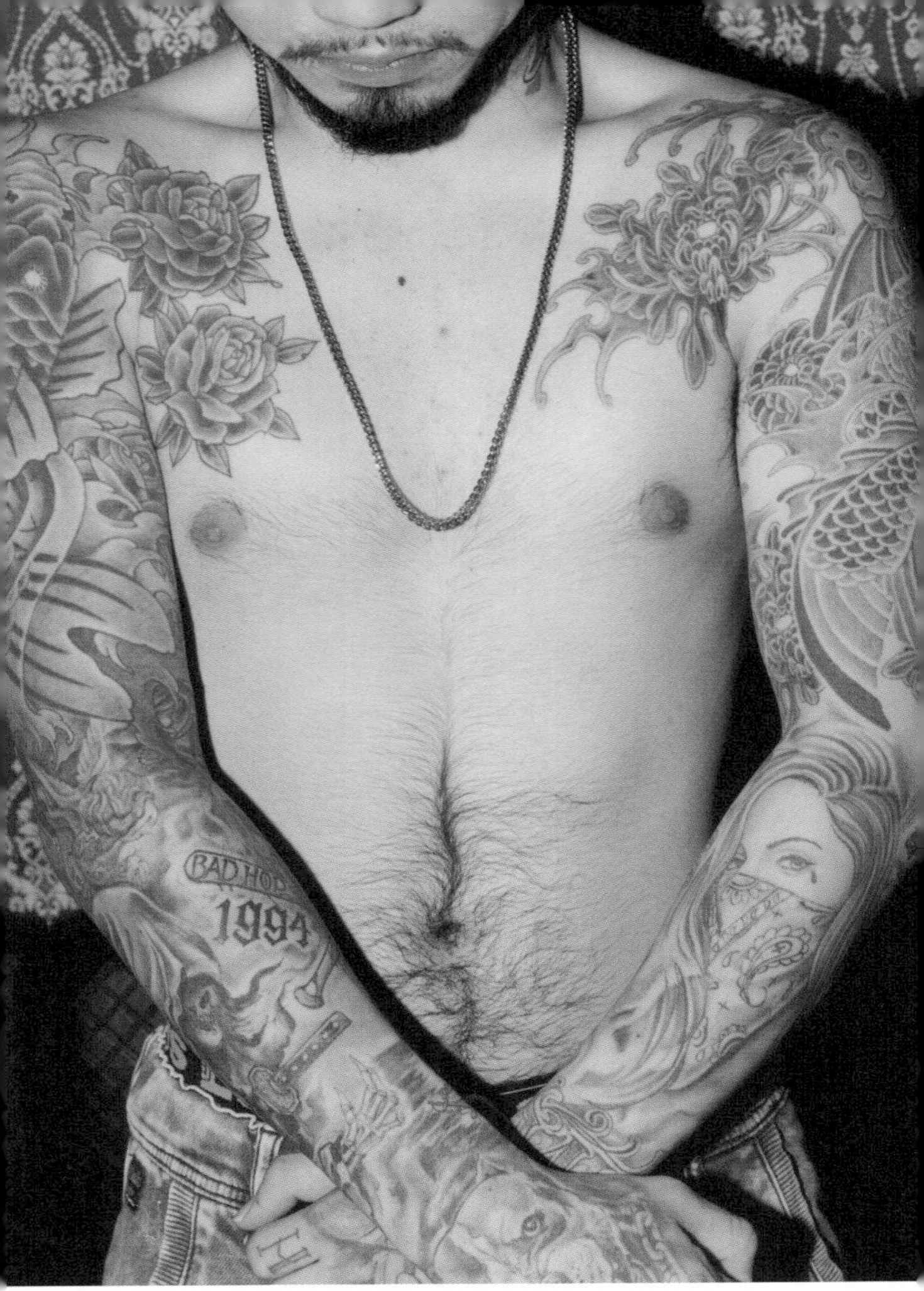

BAD HOPの元メンバー、AKDOWの体に彫られたタトゥー。

バラック群だった頃の名残をとどめる池上町の風景。

池上町で生まれ育ったBAD HOPのBark。

音楽イベント「桜本フェス」の会場に掲げられたバナー。

ヘイト・デモに抗議する人々。

川崎区の工場地帯で夜から翌日昼にかけて開催されたレイヴ・パーティ「DK SOUND」。

VENUM

川崎区の中学校の体育館で地下格闘技の練習に励む鈴木拓巳（左）と中村辰吉（右）。

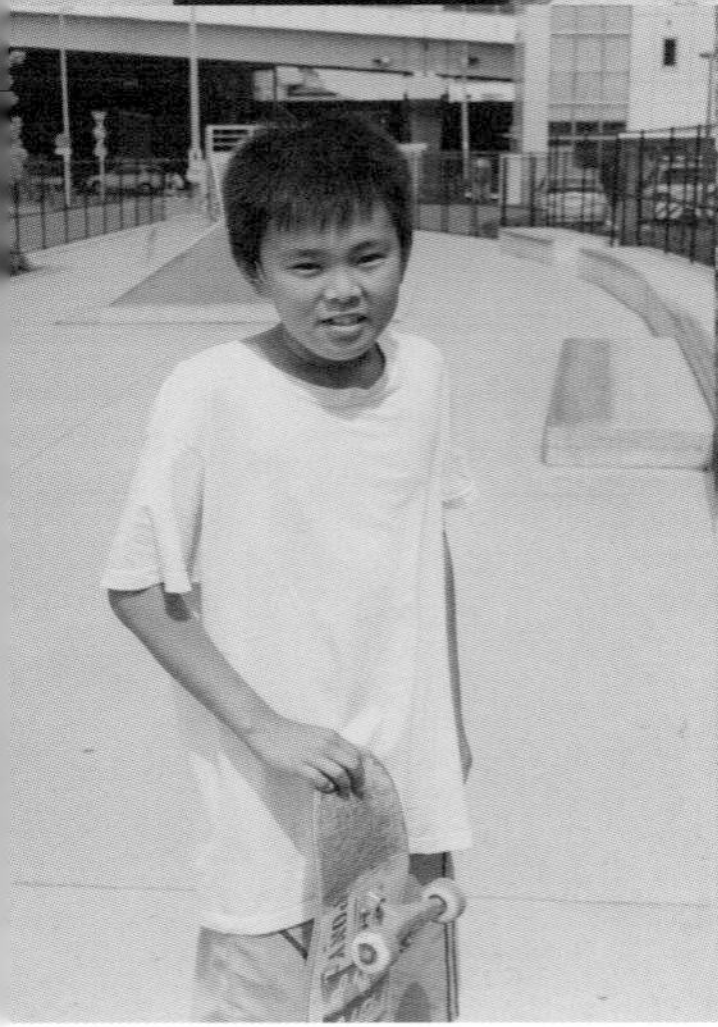

大師河原公園スケートボードパークでトリックを決めるコボこと大富寛（左）と、
彼を慕うスケーターたち（右）。

川崎のソウルフードであるニュータンタンメン。

ルポ川崎＊目次

ルポ川崎

写真　細倉真弓
編集協力　中矢俊一郎

川崎市
多摩区
多摩川
東京都
高津区
麻生区
宮前区
中原区
幸区
神奈川県
川崎区

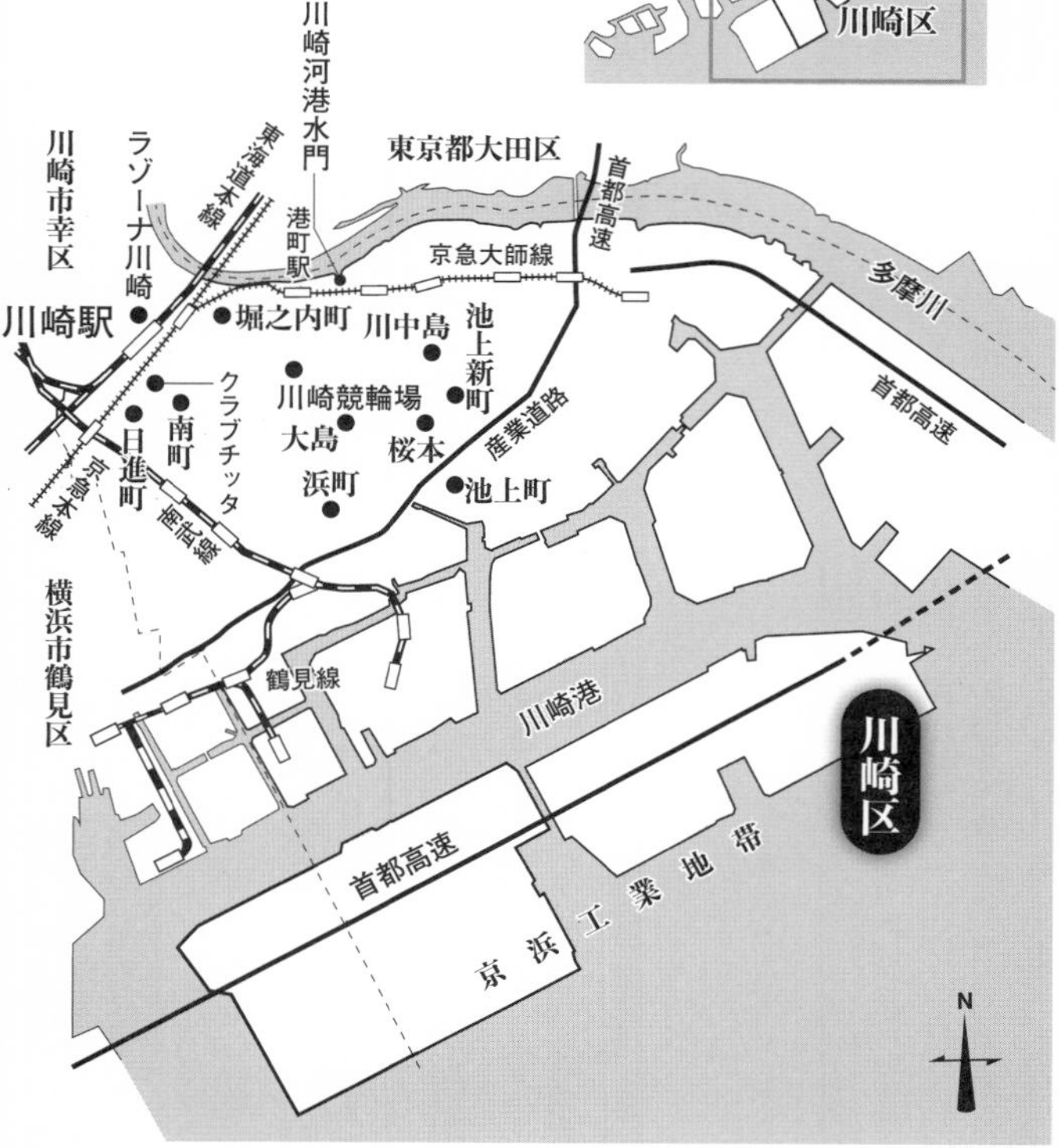
川崎河港水門
東京都大田区
首都高速
川崎市幸区
ラゾーナ川崎
東海道本線
港町駅
京急大師線
多摩川
川崎駅
堀之内町
川中島
池上新町
川崎競輪場
首都高速
クラブチッタ
南町
日進町
大島
桜本
産業道路
京急本線
浜町
池上町
南武線
横浜市鶴見区
鶴見線
川崎港
川崎区
首都高速
京浜工業地帯
N

第１話

ディストピア・川崎サウスサイド

――中一殺害事件

川崎を代表する若手ラップ・グループのBAD HOP。

陰惨な事件が起きた川崎という場所

平和な光景だった。よく晴れた日曜の午後、なんの変哲もない川沿いの土手を、ぽつりぽつりと人が通り過ぎていく。ベビーカーを押す若い夫婦、雑種犬を連れた老人、トレーニングウェアを着たジョガー。下方の河川敷では中年の女性が野草を摘み、親子が釣りをしている。水面《みなも》に目をやれば、やはり魚を狙《ねら》っているのだろう小鳥が空中から勢いよく下降し、かすかな飛沫《ひまつ》を上げて飛び去った。そう、実に平和な光景だった。しかし、ほんの数カ月前、まさにこの場所で、世間を騒がせる陰惨な事件が起こったのだ。

二〇一五年二月二〇日、午前六時頃。神奈川県川崎市川崎区港町《みなとちょう》で、多摩川沿いの土手を散歩中の地元住民が、河川敷に全裸で転がっている遺体を発見した。被害者は中学一年生の少年X。全身に痣《あざ》や切り傷といった暴行の跡が見られ、特に首の後ろから横にかけては頭部の切断を試みたのではないかと思えるほど、深く傷つけられていた。死因は頸動脈《けいどうみゃく》の損傷による出血性ショック。遺体は血だまりや凶器と見られる工業用カッターナイフの刃が落ちていたところから、数十メートル離れた場所にあり、被害者は暴行を受けた後、助けを求めるため這《は》って移動し、途中で事切れたようだった。

そして、二月二七日。当初から主犯格として捜査線上に浮かんでいた一八歳の少年Aが川崎署に出頭。同日、やはり、共犯と目されていた一七歳の少年BとCが殺人容疑で逮捕された。彼らは日頃から少年Xを子分のように扱い、犯行当日は態度が悪いと言いがかりをつけて暴行。さらに、最低気温四度の寒夜に裸で川を泳がせた末、致命的な傷を負わせたまま放置。犯行現場から七〇〇メートルほど離れた児童公園のトイレで被害者の衣服を燃やし、証拠隠滅を図ったとされる。

事件は近年稀《まれ》に見る凶悪さに加えて、容疑者のグループと少年Xが、当時はまだ目新しかったソーシャル・ネットワーキング・サービス、LINEでやり取りしていたことから、現代的な事件だと捉《とら》えられ、報道が過熱。また、少年Xの膝《ひざ》には擦り傷があって、加害者は彼を跪《ひざまず》かせた上で首にナイフを当てたと見られたが、それはやはり当時話題だったイスラム国の処刑映像を模したのではないか、という憶測が〝川崎国〟なるキーワードを生み出し、下世話な興味を煽《あお》っていった。現場の河川敷にも、少年Xの死を悼《いた》む人々はもちろん、メディアや野次馬が押し寄せる。献花が山になる一方で、火災も発生した。

事件現場を歩く

事件の現場は、検索エンジンに「川崎　殺人　場所」と打ち込めば簡単に知ることができる。話題は当然のようにインターネット上でも駆けめぐり、結果、今でも様々な情報が転がっているのだ。

「川崎中一殺害事件の詳しい場所を教えてください。冥福《めいふく》を祈りに行きたいのです」

質問サイトに寄せられたそんな問いに対する答えに従って、京急川崎駅から多摩川沿いに臨海部へと向かう短い路線、京急大師《だいし》線に乗り、隣駅の港町で下車する。真新しいホームに降り立つと聞こえてきたのは、一九五七年、日本コロムビアから発売された美空ひばりの代表曲のひとつで、港町が歌詞のモデルになったという「港町十三番地」のメロディだ。壁には大きくこう記されている。

「音楽のまち・かわさき　レコード発祥の地　アナログからデジタルへ」

一九一二年、農業が主な産業だった川崎町（現・川崎区）は工場誘致を開始。以降、多摩川沿い〜臨海部に日本鋼管（現・ＪＦＥスチール）や、鈴木商店（現・味の素）、浅野セメント（現・太平洋セメント）の工場が次々と建設、工場地帯として発展していった。日本初のレコード会社で、米コロムビア・レコードと提携関係にあった日本蓄音器商会（現・日本コロムビア）はそういった流れに先駆けて川崎町に本社工場を構える。最寄り駅はコロムビア前駅と名づけられ、四四年には港町駅と改称。そして、七〇年後の二〇一四年に改装される際、〝レコード発祥の地〟というイメージを打ち出したのだ。ちなみに、日本コロムビア・川崎工場は〇七年に閉鎖され、跡地は現在、マンション〈リヴァリエ〉になっている。港町駅の改装もその建設に合わせて行われた。

港町駅北口を出ると、そのまま、リヴァリエの敷地に入り込むことになる。見上げれば、二九階建てのいわゆるタワーマンションが青空に突き刺さっている。周辺にはほかに高い建物がないため、その大きさが際立《きわだ》つ。綺麗《きれい》に整えられた芝生が日差しを浴びて輝く中を歩いていくと、エントランスから、中年の白人男性とヒジャブを被《かぶ》った女性、大きなサングラスをかけた少女が出てくるところだった。いかにも裕福そうな家族だ。Ａ棟とＢ棟があるリヴァリエは、さらにＣ棟が建設中（取材当時）で、最終的には三棟の巨大なマンション群になるのだという。

やがて、道は多摩川の土手に突き当たり、下流の方向に味の素の工場と立派な水門が見える。一九二八年に建設、現在は登録有形文化財となっている、その昭和モダニズムを感じさせる川崎河港水門の足元の河川敷で、少年は暴行を受け、事切れたのだ。報道を通じて、現場はひと気のない場所だという印象を受けていたが、実際は地元住民の生活圏にあった。しかし、取材(二〇一五年一〇月)の八カ月前に何が起こったかを伝えるのは、安全管理の観点から献花を撤去したことを記した、川崎区役所こども支援室による立て看板と、それに向かって手を合わせるのがむしろ場違いな我々のみだ。少年が迫り来る死に怯《おび》えながら泳いだ水面に釣り糸を垂れる親子が、珍しそうにこちらを眺めている。

火災事件が発生したドヤ街の現在

中一殺害事件はJR川崎駅の北東一・五キロほどの場所で起こったが、二〇一五年には、南西一キロほどの場所でもやはり、世間を騒がせる事件が起きている。同駅は年間利用者数が全国一〇位(一四年)の巨大ターミナルだ。東口を出ると繁華街が広がっているが、そこから南に向かうといつの間にかテーマパークに迷い込んだような気分になる。イタリアの街並を模してつくられたというショッピング・ストリート〈ラ チッタデッラ〉。その中にはシネマ・コンプレックス〈チネチッタ〉があり、通りの終わりにはキャパシティ一三〇〇人規模の大型ライヴホールで、一九八八年の開店以来、日本のラップ・ミュージックをはじめとするかつてはマイナーだったジャンルを支えてきた〈クラブチッタ〉がある。

ただし、家族連れや若者で賑《にぎ》わう〈ラ チッタデッラ〉の裏手は、ソープランド街として知られる南町で、川崎をテリトリーとする暴力団・山川一家と、その傘《さんか》下の内堀組も本部を構えている。そして、大通りを挟んだ隣町が日進町だ。一見、なんの変哲もない住宅街だが、少し歩いてみればちょっとした違和感を覚えるだろう。例えば、児童公園では日中にもかかわらず酒を飲んでいる男性が目につく。そして、住宅街を抜けて高架をくぐると、ふるびた旅館が建ち並ぶエリアに出る。それらは、三〇〇〇円ほどで四畳半の部屋に一泊することができる簡易宿泊所である。このあたりは日雇い労働者のための居住地区、いわゆるドヤ街なのだ。

二〇一五年五月一七日午前二時頃、川崎区日進町で、マンションの住人から「近所で火災が発生している」という通報があった。出火元は一九六一年開業の簡易宿泊所

〈吉田屋〉。やがて、隣接する六二年開業の簡易宿泊所〈よしの〉へと燃え移り、一一人が死亡、一七人が負傷する大惨事となる。ようやく鎮火したのは夜七時だった。出火原因は放火の可能性が高いと見られているが、依然、犯人は捕まっていない。

火災から約半年。現在、〈吉田屋〉と〈よしの〉がどうなっているのかを知るために、やはり、インターネットで得た情報を元にグーグルマップが指し示すあたりを歩いてみるが、見つからない。しかし、引き返すときに気づいた。それは、すっかり消失していたのだ。マンションと駐車場に挟まれた小さな空間が跡地だった。仕方なく、駐車場のブロック塀に残った黒い焼け跡を眺める。そのとき、背後の公園からひどく酩酊《めいてい》した中学生ぐらいの男子が千鳥足で出てきて、隣にある公団住宅の駐車場に倒れ込んだ。そこではもう二人、同世代の男子が寝転び、焦点の合わない目で宙を見つめ、その周りをいずれかの弟とおぼしき幼い男児がケラケラ笑いながら走り回っている。壁を隔てた公園では、若い夫婦がジャングルジムで子どもを遊ばせている。老人がストロングゼロを片手に動物の遊具に乗って、ゆらゆらと揺れている。それらを、ほんの一〇メートルほど先に建つ川崎警察署の巨大な建物が見下ろしている。なんという密度だろう。こんな空間の中では、陰惨な事件があっという間に忘却されてしまうのも仕方がないことなのかもしれない。

中一殺害事件が起きた河川敷の〝用途〟

「あの後、何日か後にもデカい火事が起きたんですよ」

「それも放火じゃないかって言われてる。タイミングからして、日進町のヤツと同一犯かも」

「まぁ、川崎は放火が多いからな。前に友達のばあちゃんが捕まったこともあったし」

川崎区の臨海部を横断し、絶えず行き交うトラックの排気ガスが近隣住民を悩ませてきた、産業道路こと神奈川県道六号東京大師横浜線。その脇《わき》にあるファミリーレストランで話を聞いた若者二人は、ビールのジョッキを空けながら、酒のつまみにでもするかのように、簡易宿泊所火災事件について振り返った。

「同じような事件でも報道されるものとされないものがあって。『あ、そっちはされて、こっちはされないんだ』みたいな」

「逆に小さい事件は騒がれたりする。強盗とか」

彼らは中一殺害事件についても同じような調子だ。

「もはや、懐《なつ》かしいな」

「ああいう事件も川崎ではよく起こるから」

「そもそも、あの河川敷はリンチをやるときの定番の場所で。今までだって死んだヤツはいるし」

では、「最近、起きた気になる事件は？」と聞くと、二人は俄然《がぜん》、盛り上がり始めた。

「友達が捕まったことかな。一五〇万ぐらい保釈金払って出てきたのに、またすぐ」

「無免許で轢《ひ》いたんでしょ？」

「相手が植物状態になったみたい」

「えー、それ知らなかった。ヤバいね」

確かに、端から見ていても、二〇一五年、川崎駅周辺では立て続けにインパクトのある事件が起きている。メディアもまた中一殺害事件に関してはすっかり飽きてしまったようで、今盛んに取り上げているのは、川崎駅西口側にある有料老人ホーム〈Sアミーユ川崎幸町〉で入居者の転落死が相次ぎ、その後、施設内で虐待《ぎゃくたい》が行われていることが発覚した事件だ。

日本が抱える問題を凝縮した都市から新しい才能が芽吹く

それにしても、地元の不良たちに話を聞いていると、川崎――というか南部に位置する〝川崎区〟が、まるで、覆面アーティストのバンクシーがつくった〝ディズマランド〟のように思えてくるというものだ。朽ち果てたシンデレラ城や、横転したカボチャの馬車が並び、壁に「Life isn't always a fairytale（人生はおとぎ話ではない）」と書かれた、ディストピア版ディズニーランド＝〝Dismal【陰気な】＋Land【土地】〟は、しかし、現実を反映したものだと評価されている。

もしくは、メディアがいうところの〝川崎国〟もまた、日本が抱える問題を凝縮した姿であり、日本の未来の姿であるといえるのかもしれない。同区は外国人住民が多いことでも知られるが、中一殺害事件では主犯格の少年がフィリピン系日本人だったことから、ネットにおいてレイシズムの餌食《えじき》になってしまった。簡易宿泊所火災事件では、ほとんどの宿泊者が生活保護を受給する老人だったことや、彼らが避難後も簡易宿泊所に戻りたいと希望したことが驚きをもって報じられた。

そして、そんな地元について話す若者たちは、どこか高揚しているようにさえ思えた。酔客でごった返す駅前の繁華街。「食事をおごるから中一殺害事件について聞かせてほしい」と、あるカップルに声をかけると、彼らはしゃぶしゃぶをリクエストし、片割れの女性は皿に綺麗に並べられた肉を箸《はし》でぐちゃぐちゃとかき寄せながら笑った。

「事件の直後はオジさんみたいな人がいっぱいいいたから、美味《おい》しいものたくさん食べられたよ。でも、なんで今さら、取材してるの？」

坊主頭《ぼうず》を金髪に染めた男性も言う。

「前に記者の人が、『こんなに事件を楽しんでる地域は初めてだ』って言ってた。川崎って都会のように見えるかもしれないけど、それは駅前だけで、奥に行くと何もない。やることっていえば、公園に溜《た》まるぐらい。退屈だから、事件をイベントみたいに考えてたヤツも多いと思う」

「あと、人のつながりが狭いから、何かあると情報がＬＩＮＥであっという間に回るよね。『知ってる？』『まじか！』って。あの事件のときも、『犯人、こいつでしょ』ってすぐに写真が送られてきた」

女性は整えられた爪《つめ》がピンク色に光る指先でｉＰｈｏｎｅの画面を操作すると、一枚の写真を見せた。そこには、彫りの深い顔立ちで笑う少年が写っていた。

「私、こいつのお姉ちゃんと友達なんですよ。だから、速攻で『噂《うわさ》、回ってるけど?』ってLINEで聞いたら、『いや、あいつ、その日は家にいたよ』って返信があって。でも、お姉ちゃんは六本木に通っちゃってるんで、夜中、家にいるはずない。『絶対、嘘《うそ》でしょ!』みたいな。ウケるよね」

「オレは、毎朝、事件が起こったところをランニングで通るんですけど、献花の場所はどんな面白いものを置くか、大喜利みたいになってましたよ。コンドームとか。あと、ごそごそしてる人がいるからなんだろうと思ったら、ホームレスがお菓子を根こそぎ袋に詰めてて」

男性はそう話すと、真剣な顔で肉を追加していいかと聞いた。

一方で、そのような都会の荒野から、新しい生命が芽吹くように登場した才能もある。〝BAD HOP〟だ。

I'm a Kawasaki South Side Wild Boy
Kawasaki South Side Bad Boy
火の粉振り払っていくBoy
カマ目つぶったBitch Come Boy
赤く染まる目が　映すBAD HOP ERA

逃げ道なんてのねぇな　日々汚れてくぜ手が
ガキの頃からそうさ血の付いたカネでメシを食う
「あの子はヤクザの倅《せがれ》、遊んじゃ駄目」と友達の親が言う
カエルの子はカエル　Ha?　鳶《とび》が鷹《たか》を産む
腹をくくったガキが目を赤く染め暗闇《くらやみ》を歩く
ほら居場所を出ればダリい　クズどもから白い目を浴びる
イバラで血だらけの足で歩く真っ赤に染まる街
東大より高い川崎 Street の偏差値
授業料もビッチじゃ計り知れねぇ見れば誰もがめまい起こすぜ　Bow
14の誕生日は単独房で過ごし
外に出れば戻ってくゴロツキの集う裏路地
隣に目ギラつかせた仲間がいた
BAD HOP ERA　発祥地は川中島

――BAD HOP「Stay」G-K. I. Dのパートより

「巷《ちまた》を騒がせている凄惨《せいさん》な事件は、確かに地元・川崎で起きたことです。BAD H

ＯＰとはまったくの無関係ですが、新しい『Ｓｔａｙ』という曲でも、自分たちがまだ川崎の最悪な環境のどん底にいたときのことを歌いました。そんな場所で、今はヒップホップに可能性を見いだして活動しています」

川崎区で一九九五年に生まれたラッパーを中心に構成されているグループ＝ＢＡＤ ＨＯＰは、中一殺害事件についての噂が飛び交う真《ま》っ直中《ただなか》の二〇一五年三月五日、ツイッター・アカウントにそんな文章を投稿した。当時、インターネットでは、逮捕された三人の背後に黒幕がいるのではないかと面白半分で探る者たちによって、地元が同じだというだけで無関係な若者たちのプライバシーが晒《さら》されていた。だからこそ、川崎では名の通った不良だったＢＡＤ ＨＯＰは、事件とのつながりを否定したわけだが、すでに彼らはそのような地元のしがらみを抜け、上の段階へ進もうとしていた。

ＢＡＤ ＨＯＰは、２ＷＩＮことＴ－ＰａｂｌｏｗとＹＺＥＲＲという双子の兄弟をリーダーとして、Ｔｉｊｉ Ｊｏｊｏ、Ｂｅｎｊａｚｚｙ、Ｙｅｌｌｏｗ Ｐａｔｏ、Ｂａｒｋ、Ｇ－Ｋ．Ｉ．Ｄ、Ｖｉｎｇｏ、ＡＫＤＯＷ、ＤＪ ＫＥＮＴＡというメンバーから成っている（一五年当時）。その名前が知られるようになったきっかけはテレビ番組の企画で、一〇代のラッパーたちがフリースタイル・バトルを繰り広げる「高校生ＲＡＰ選手権」にて、Ｔ－Ｐａｂｌｏｗが第一回大会（一二年七月放送）と第四回大会（一三年一〇月放送）の、YZERRが第五回大会（一四年四月放送）の優勝を獲得したこと。また、彼らの人気の要因は、ルックスの良さとラップの上手《うま》さもさることながら、にじみ出る不良っぽさと、背景となる過酷な生い立ちにあるといっていいだろう。そういったキャラクターにこそ、若者がリアリティを感じる時代なのだ。大人たちはまだ知らないかもしれないが、二人は少年少女の世界ではすでにセレブリティである。

この夏、T－PablowとYZERRが地元の祭りに顔を出すと、歓声が上がり、一斉にiPhoneが向けられた。握手を求めて近づいてくる中には、中一殺害事件の被害者と同じ年の男子もいて、彼は2WINにあこがれてラップを始めたと話したという。インターネットのニュースで、件《くだん》の被害者を同級生たちがフリースタイルで追悼する映像が出回ったが、もはや、川崎の子どもたちの間ではラップをすることは自然なこととなっている。そして、その流れをつくったのは、ほかでもない2WINである。

Barkは言う。

「オレの弟も中学生なんですけど、ラップをやってるヤツは多いみたい。目標は、やっぱり、『高校生RAP選手権』。2WINが川崎を変えたんですよね。昔は、夜、家をこっそり抜け出して悪さをしてたけど、今は公園に集まってフリースタイルやるっていう」

2WINも感慨深そうに頷《うなず》く。

「オレらと同世代とか下の世代とかでやんちゃなヤツは、もともと、オレらの名前は知ってたと思うんですよ。そのへんはオレらが仕切ってたんで。逆に言うと、そいつらはオレらがどんな状況にいたかも知ってる。だからこそ、ここまで来たっていうことが本当にすごいとわかるはずだし、それができるラップっていう表現が魅力的に見えたと思う」

「川崎のこのひどい環境から抜け出す手段は、これまで、ヤクザになるか、職人になるか、捕まるかしかなかった。そこにもうひとつ、ラッパーになるっていう選択肢をつくれたかな」

しかし、T‐Pablowの表情は次の瞬間には曇り、苦闘はいまだに終わっていないことが窺《うかが》えた。

「妬《ねた》むヤツもいますけどね。『あいつら、上にこき使われてたのに偉そうになって』みたいな」

主犯格少年の素顔

一方、地元の祭りに2WINと共に足を運んだBAD HOPのメンバーのT-i-jo-joは、群衆の中で目に留まった顔にハッとした。それは、前述した中一殺害事件の主犯格・少年Aの姉で、彼女はJo-joの中学時代のガールフレンドだった。また、少年Aは2WINやJo-joと同じ中学校出身で、ひと学年下に当たる。

「弟に関してはほとんど付き合いはなかったけど、変わってるヤツという印象でした」

「マンガでいうところの、電柱から顔を出してこっちの様子をうかがうキャラみたいな。不良にあこがれがあるけど、輪には入ってこられない」

「同い年にも不良がいるけど、そいつらには太刀打ちができないから、もっと下の子を引き連れるっていう」

「事件のときも、暴力に慣れてないから、止めどころがわからなかったんだと思う」

「不良だったら殺さないよな」

「不良だったら殴られたこともあるし殴ったこともあるから、どこまでやったらまずいかわかる」

「あれは川崎の不良が起こした事件ではなくて、そこからはみだした子が起こした事件ですね」

あるいは、容疑者たちが、ＢＡＤ ＨＯＰや彼らにあこがれる少年たちのようにラップを始めていれば、結果は違ったのかもしれない。川崎の不良少年は、目隠しをしてタイトロープを渡っているようなものだ。なんとかゴールまで行き着いたＢＡＤ ＨＯＰは、続く少年たちに手を差し伸べる。しかし、目隠しを取った彼らには、その背後に広がる荒《すさ》んだ光景がはっきりと見えるのだった。

第 2 話

不良少年が生きる〝地元〟という監獄
―― BAD HOP

BAD HOPの元メンバー、AKDOWの手に彫られたタトゥー。

〃川崎ノーザン・ソウル〃という郊外の憂鬱《ゆううつ》

川崎は二つの顔を持っている。その地名を聞いたときに、ニュータウンと工場地帯という相反する光景が思い浮かぶだろう。あるいはそれは、平穏だが退屈な土地と、刺激的だが治安が悪い土地というイメージに置き換えられるかもしれない。そして、そういった二つの側面は、各々《おのおの》、川崎市の〃北部〃と〃南部〃が担《にな》っているといえる。

脚本家の山田太一は、かつて、川崎市北部の街を初めて訪れた際のことが強く印象に残っているという。同地は一九六〇年代からいわゆるニュータウンとして開発が進められていったが、彼がその駅に降り立ったところ、まだ周囲に建物は少なく、砂埃《すなぼこり》の向こうに団地の影だけが見えた。やがて、山田が移住すると、まるでモノクロームの世界に色を入れるかのごとく、徐々にマクドナルドのようなチェイン・ストアができて、街は賑《にぎ》わっていった。彼はその過程について、「エロティックな喜びがあった」

と振り返る。

しかし、いざニュータウンが完成すると山田はそのフラットな街並みに、むしろ、不穏なものを感じ始めた。そこには暗さと汚れが、つまり、味わいが、エモーションを喚起してくれるものがなかった。彼は思う。「なるべく清潔にして滑らかにして、というここで生まれた子はいったいどういう情感を持つんだろう」。八〇年には、川崎市北部（高津区）の、一見、平穏な家庭で起きた、二〇歳の予備校生が受験のプレッシャーを要因として、両親を金属バットでもって殺害するという事件が世間を震撼《しんかん》させた。逆説的にいえば、そのような環境がエモーションを喚起したのか、『岸辺のアルバム』（七七年）にしても、『ふぞろいの林檎《りんご》たち』（八三年〜）にしても、山田はフラットな世界における苦しみを描くことで高く評価されていく。

だからこそ、山田は「一〇年前の僕らは胸をいためて〝いとしのエリー〟なんて聴いてた／ふぞろいな心はまだいまでも僕らをやるせなく悩ませるのさ」（「愛し愛されて生きるのさ」、九四年）と、彼の作品を引用しながら、しかし、浮き浮きと街を駆け抜けていく歌をつくった若いシンガーソングライターが、川崎市北部（多摩区）で育ったことを知ったとき、はっとしたのだ。山田は彼――小沢健二との対談で、いつか気にかけたフラットな世界に産み落とされた子ども、それこそが「小沢さんだってわかった時に、目が覚めるような感動があった」と告げた(*1)。

以降、小沢は楽観的なイメージをまとって人気を得ていくが、自身の根底には空虚さがあるとし、そのような郊外の憂鬱《ゆううつ》を〝川崎ノーザン・ソウル〟と呼んでいる。ちなみに、彼との共作「今夜はブギー・バック」(九四年)をヒットさせたラップ・グループ＝スチャダラパーの三分の二、ANIとSHINCOこと松本兄弟も川崎市北部(高津区)の出身だ。彼らは、九〇年代初頭のデビュー当時、現代日本のフラットな社会状況ならではのラップ・ミュージックのあり方を模索。銃やドラッグではなくゲームやマンガ、そして、それらをもってしても解消することのできない退屈について歌った。そういう意味では、川崎市北部は阪神・淡路大震災と地下鉄サリン事件によって安全神話が崩壊し、しばしば、日本社会の、悪い意味での転換点として位置づけられてきた九五年以前のリアリティを象徴する場所だったと定義できるかもしれない。

〝川崎〟に似た場所

一方、川崎市南部は別種のリアリティを持っている。例えば、川崎区でまさに九五年に生まれ、東日本大震災が起こった二〇一一年三月に最終学歴となる中学校を卒業したメンバーを中心に構成されるラップ・グループ、ＢＡＤ ＨＯＰ。彼らの楽曲を再生すると、シカゴ南部発のジャンル〝Ｄｒｉｌｌ（ドリル）〟を思わせる煽《あお》り立てるようなトラックの上で、〝川崎サウスサイド〟と叫ぶ声が聞こえるだろう。イリノイ州シカゴのサウスサイド地区ではギャングが熾烈《しれつ》な抗争を繰り広げており、特に一一年には抗争による死亡者数が、同年にイラクで死亡した米兵の数を上回ったため、Ｃｈｉｃａｇｏ（シカゴ）とＩｒａｑ（イラク）を掛け合わせ、〝Ｃｈｉｒａｑ（シャイラク）〟とさえ呼ばれるようになった。また、ギャングのメンバーの中にはラッパーも多くいて、彼らが歌う暴力的だが切迫した表現によって、同地はラップ・ミュージックの新たな聖地として注目を集めるようになる。ＢＡＤ ＨＯＰはそんなシカゴのサウスサイドと、自分たちの地元を重ね合わせているのだ。

もちろん、川崎区にもベッドタウンとしての、平穏だが退屈な顔がある。恒例のハロウィン・パレードを見物するために川崎駅に降り立った人々の多くは、この街のもうひとつの顔には気づかないかもしれない。しかし、ＢＡＤ ＨＯＰのメンバーたちの身体《からだ》を埋め尽くしているタトゥーは決して仮装ではない。そんな彼らにとって身近なのは、同じ市内の北部よりも、むしろ、重工業地帯としてつながっている横浜市鶴《つる》見区《み》かもしれない。また、その身近さは敵対という形をもって表現される。

川崎にやってきた鶴見の不良

14で smoke weed 15で刺青《いれずみ》
16で部屋住み で傷は絶えずに
犯す間違い できない真面目《まじめ》に
お巡《まわ》り相手に 日々が戦い
何度もブツを捌《さば》いた
欲のため人騙《だま》した
女も金に変わった
馬鹿《ばか》は喰いものになった
シャンパンに weed 毎晩 party
汚い money 関係ない
飼い殺し バビロンの犬
欲溺《おぼ》れて先なら見ず

17、18　2年の空白
次で見つけた　夢が膨らむ
BAD　HOP　新たな生き方
変わりゆく　昔の日々から

——BAD　HOP「Stay」AKDOWのパートより

AKDOW（悪童）と名乗るラッパーは、彼の激動の一〇代を一六小節で端的にそう表現する。そして、横浜市鶴見区臨海部の町・生麦《なまむぎ》で生まれ育ち、中学生のときに暴走族に加入、卒業と同時に地元の暴力団の部屋住み（＊2）を始めるにあたって、四〇万円をかけて両肩を和彫りで埋め尽くした彼の、今ハンドルを握る拳《こぶし》に刻み込まれているのは〝B・A・D・H・O・P〟という六つのアルファベットだ。

川崎駅にほど近いゲームセンターの駐車場。ゾンビの格好をした若者たちがはしゃぎながら、九龍城《クーロンじょう》をモチーフにした店内に吸い込まれていくのを眺めていると、果たしてここがどこなのかわからなくなるようだったが、同じ年頃の男女を冷めた目で見つめるAKDOWの話を聞いていると、やはり、自分は川崎サウスサイドにいるのだと思い知るのだった。

「川崎と鶴見って昔からモメてたんですよ。鶴見でコルクかぶってもいい（＊3）ことになったときも、先輩に『川崎には絶対ナメられるな』って言われましたし。川崎の不良と会うと『てめぇ、鶴見人だろ？』『鶴見だけどなんだよ？　てめぇこそ川崎人だろ』みたいに、絶対喧嘩《けんか》になりますから。でも、鶴見の場合は、東京に向かおうとしたら、川崎を抜けないといけない。仕方がないんでコルクと単車は置いて、普通の半帽（ヘルメット）と原付で行く。もしくは、信号で止まらないで突き抜けるっていう。横浜ナンバーが見つかったら、地元の不良がすぐ追っかけてくるんで。そういうわけで、川崎には良いイメージがなかったですね」

ＡＫＤＯＷは、自分を「流されやすい」と評する。彼の地元の場合、不良は中学卒業後、表の社会で働くか、裏の社会で働くか、いずれにせよ犬のようにこき使われて生きるしかなかったという。そして、暴走族時代にすでに先輩から目をかけられていた彼は、自然と後者の道へ進んでいった。しかし、流された先は袋小路《ふくろこうじ》だったのだ。情報詐欺《さぎ》や薬物売買の実動部隊としてこき使われた一七歳のＡＫＤＯＷは、意を決して逃亡。潜伏生活を送った末に、次の生活の地に選んだのが、ほかでもない川崎だった。

「潜伏中は、遊びに行ける場所も限られてて。そんなある日、地元の友達でＤＪをやってたヤツが、川崎のクラブにゲストで呼ばれたって言うんで、一緒なら大丈夫だろうってついていったら、それがBAD HOPのイベントだったんです。もともと、ヒップホップは好きじゃなかったんですけどね。赤玉（＊4）食ったり、脱法ハーブやガス（＊5）やったりして、サイケ（デリック・トランス）のパーティでぶっ飛んでるような人間だったんで」

そして、イベントで友人から紹介されたT－Pablowは、AKDOWに、何もせずにブラブラしているんだったら、ラップをしてみたらどうだと薦めたという。

「地元の同年代でラップをしてたヤツもいたんですけど、中学のとき、自分にペコペコしてるようなヤツだったんで、でけぇツラしてるのが気に食わなくて。だから、『あいつにできて、オレにできねぇわけねぇだろ』みたいな感じでやってみたら、全然できなかった。『なんだこの難しさは⁉』っていう。でも、悔しくて続けてるうちにハマっていきましたね」

AKDOWはラップを始めたのも〝流された〟結果だと笑う。

「墨（刺青）の柄も、すぐその場のノリで決めちゃうんですよ。だから、女受けを狙《ねら》ってアリエル（＊6）とか入れて後悔してるし」

ただ、彼は〝流された〟というより、ラップによってどん底から救い上げられたのではないだろうか。――そのとき、ＡＫＤＯＷのｉＰｈｏｎｅが鳴り、スクリーンに〝Ｔ－Ｐａｂｌｏｗ〟という文字が表示された。そろそろ、時間のようだ。ＪＲ川崎駅周辺の雑踏は買い物客から酔客へと入れ替わりつつあった。

川崎の特異性に気づくとき

ＢＡＤ ＨＯＰの始まりは、保育園にまでさかのぼるという。

「オレたちはその頃から仲間意識が強くて、〝ゴキブリ軍団〟っていうギャング・チームを結成してました」

川崎駅前の焼き鳥屋でＹＺＥＲＲは酒を呷《あお》りながら、やんちゃだった幼少時代を振り返って、笑う。ビール・ジョッキを持ち上げる腕にはタトゥーが刻まれているが、そのいたずらっぽい表情には子どもの頃の面影が残っている。

「当然、ギャングといっても活動はほかの子がつくった積み木の家を壊したり、女の子のスカートをめくるぐらいなんですけど。ただ、一線を越えて、パンツを脱がしたヤツがいて大問題になった」

やがて、川崎区桜本の聖美保育園の問題児たち――Ｔ－Ｐａｂｌｏｗ、ＹＺＥＲＲ、

Ｔｉｊｉ Ｊｏｊｏ、Ｂａｒｋは、前者三人が藤崎小学校へ、Ｂａｒｋが桜本小学校へ進み、別れたものの、学外のサッカー・クラブでＧ－Ｋ．Ｉ．ＤやＹｅｌｌｏｗ Ｐａｔｏとも知り合うなどして、現在のＢＡＤ ＨＯＰの原型ができていった。そして、彼らが地元の特異さに気づいたのもその頃だ。ＹＺＥＲＲは続ける。

「川崎の個性っていうのは、例えば、東京はいっぱいありますよね……不良の勢力みたいなものが。それが、川崎の場合はひとつしかなくて。東京は各々の先輩がいると思うんですけど、川崎は上下関係を辿《たど》っていけば、たったひとつの団体に行き着く」

その団体とは、ほかでもない暴力団だ。

「小三のときかな、クラスメイトにオレがキレて、顔を蹴《け》り上げてしまったことがあって。そうしたら、放課後、家に電話がかかってきて、出たらそいつの母親だったんですけど、後ろから威圧をかけてくる人がいるんですよ。『ふざけんじゃねぇ！』『今すぐ家に行ってやるよ！』みたいな感じで怒鳴りまくってる。で、マンションに呼ばれて行ったら、ロビーに、スキンヘッド、半透明のサングラス、上半身裸にヒョウ柄のコートっていうとんでもない恰好《かっこう》の男が待ってた。そこで明らかな違和感っていうか、『あれ、こいつ、普通じゃない』と感じたのが、その筋の人との最初の出会いでした」

川崎区は、暴力団がいまだに深く根を張っている土地だ。労働者が集い、〝飲む、打つ、買う〟が揃《そろ》う街を治めてきたのは、山川修身率いる愚連隊から発展した山川一家。山口組（＊7）、住吉会と共に主要暴力団に数えられる稲川会の傘下《さんか》だが、現在（取材当時）、山川一家二代目総長・清田次郎が稲川会の会長を、三代目総長・内堀和也が理事を務めていることからも、川崎がいかにその筋で重要な土地かがわかるだろう。そして、やんちゃな少年たちにとって彼らは身近な存在だった。ＢＡＤ ＨＯＰの面々は懐《なつ》かしそうに振り返る。

「オレ、悪さして、日本刀持った友達の親に追いかけられたことある。で、『お前、いい加減にしろ！』って、刃を突きつけられて」

「別の友達の親は手の甲までびっしり刺青入れてて、金髪の坊主《ぼうず》だったりした。しかも、母親のほうなんですよ。その家はみんなそんな感じだった。おばあちゃんも刺青入れてたし」

また、成長するにつれてヤクザはいわばフッド（地元の）スターとして輝いて見えるようになる。

「東京の不良って、普通に家が金持ちの場合も多いじゃないですか。でも、自分たちの周りで金持ってるヤツは、親が職人として成功してるか、アウトローってイメージがあった」

「やっぱり、小三か小四ぐらいかな。多摩川の河川敷でサッカーをした帰り道、真っ白なベントレーが四台停まってて、若い人たちが磨かされてたんですよ。で、それを指導してるのがＧ－Ｋ．Ｉ．Ｄのお父さんで。そのとき、『その筋の人なんだ』って気づいた。『カッコいい、オレもああなりたい』とも思いましたね」

「確かに、誕生日会で家に行ったらめちゃデカいし、あと、ガタイがいい人とか、スキンヘッドの人とかがお父さんに気を遣《つか》ってるから、『どういうことなんだろう？』とか思ってたんですけど」

「Ｇ－Ｋ．Ｉ．Ｄが、オレが持ってないものを持ってるのがうらやましかったな。Ｗｉｉも、プレステも、ゲーム機はなんでも。ウチは貧乏で買ってもらえなかったから、よくやらせてもらってた」

ただし、当事者の思いはまた別のようだ。Ｇ－Ｋ．Ｉ．Ｄは言う。

「オレは鈍感で、親父《おやじ》が暴力団をやってるってことに気づいてなかったんですよ。『ウチに車がいっぱいあるのは、中古車屋を経営してるからだよ』って言われてたし。でも、景気が良かったのは小学生の頃だけ。そのうち、上納金が厳しくなって、電気も止まって。生活が苦しいせいで母ちゃんとも離婚して。今、親父は普通の仕事をしてます」

ヤクザの不況のしわ寄せが不良少年へ

近年、暴対法（＊8）による規制の強化もあって、暴力団が不況産業化していることはよく知られているが、結果的に締めつけられるのは下部組織だ。そして、その影響は地元の不良少年たちにすら及ぶことになる。フッドスターの化けの皮が剝《は》がれ、モンスターが襲いかかってきたのだ。BAD HOPが足を踏み入れたのは、堅気《かたぎ》よりもよっぽど息苦しい社会である。

「中学生になると、〝カンパ〟っていう形で上納金を徴収されるようになりました。川崎の不良には自由がないんですよ。バイクで走ってるだけで止められる。最悪、当てられて轢《ひ》かれる。で、『お前、どこの？』って聞かれて、『あ、自分はどこどこの人に面倒見てもらってます』って言うと、『じゃあ、行っていいよ』って。そんな感じなんで、子どもでも何かしらのケツ持ちをつけないとやっていけなかった」

「〝カンパ〟の理由は因縁みたいなものも多くて。『飲み会やるから来い』『はい』『ここ座れ』『はい』『タバコ吸うか？』『はい』。で、次の日になったら、『お前のタバコのせいでダウン・ジャケットに穴開いたから五万円、持ってこい』みたいな。今考えるととんでもねぇ野郎だなって」

〝カンパ〟の要求はひっきりなしにあり、少年たちは追いつめられていった。彼らは資金を賄《まかな》うため、ひったくりや空き巣といった犯罪に手を染めるようになる。

「オレオレ（詐欺）とか頭を使う犯罪は川崎の不良はやらないっていうか、身体を使ってナンボみたいな。そもそも、オレオレは上（組織）が動かないといけないじゃないですか。こっちの先輩は下にどれだけカンパを回すかしか考えてなかったんで」

「オレなんか、職人をやって金を調達しようと思ったら、『お前、何勝手に働いてんだよ！』ってシメられて。むちゃくちゃですよ。で、『筋が違《ちげ》ぇんじゃねぇか』って言うから、どういうことかと思ったら、『オレのところで働けよ』って。でも、そこで働いたら働いたで食い物にされるわけで」

「オレは深夜にタバコ屋のシャッターをこじ開けて、レジごと盗むっていうのをやってたんですけど、同じところで繰り返してたら、ある晩、店員がバットを持って暗闇《くらやみ》に潜んでて。友達がフルスイングで顔面殴られてぐしゃぐしゃになってましたね」

やがて、２ＷＩＮの家の周辺では、連日、神奈川県警察航空隊のヘリコプターが飛び回るようになる。そして、ＢＡＤ ＨＯＰが中学校三年生の時、彼らを含む二〇人ほどが一斉逮捕。罪状はひったくりや空き巣など数十件に及んだというが、それは氷山の一角だという。また、そのようなしがらみは、結局、T－Pablowが「高校生RAP選手権」で二回目の優勝を果たす一三年頃まで続くことになる。2WINは言う。

「『優勝したら、川崎の外の大人が守ってくれるよ』って言った人がいて、そんなわけないと思ってたけど、実際、そうなった」

「それまで、まともな大人と話す機会がなかったんで。川崎の大人に相談しても、『やっちゃえばいいじゃん』みたいなことしか言わないから」

「昔は大人が嫌いでしたもん。先生に相談しても無視だし。警察に被害届出しに行ったら、その後、ヤクザに絡《から》まれて。『お前、うたった（密告した）ろ？　そこ（警察と暴力団）つながってねぇわけねぇじゃん』って。東京の音楽業界の人たちと知り合って、『あ、これが本当の大人なんだ』とわかった」

彼らは、ラップを通して、川崎の外にも世界が広がっていることを知ったのだった。

「これまで、自分らのテリトリーは川崎駅までだったんですよ。そこを一歩でも越えると、感覚としては〝外〟になる。ラゾーナ（駅直結のショッピングモール）の奥にドンキがあるんですけど、そこすら行かない。家から一〇分、一五分とかで移動できる場所がコミュニティで、輝ける場所。いくら不良として名が通ってたといっても、橋を渡って、大田区とか鶴見とかに行ったらもう自分の名前なんか利《き》かなくなる。でも、今だったら沖縄に行っても北海道に行っても名前を知ってくれてる人がいる。視野も広がりましたよね」

ＹＺＥＲＲがそうまとめると、「でもさぁ、東京のヤツらって友情が薄くない？　やっぱり、川崎はそのへんが濃いからいいよなぁ」と酔っぱらった仲間たちが口々に言い、どっと笑いが起こった。楽しそうな彼らの表情は、まだ幼いようにも、まるで引退したベテラン・アウトローのようにも見えた。川崎駅周辺は夜に飲み込まれ、ネオンが街の別の顔を浮かび上がらせている。

［註］

＊１―山田太一の発言は「月刊カドカワ」（角川書店）一九九五年二月号より引用。

＊２―暴力団の部屋住み……事務所に住み込み、雑用を担当すること。

＊３―コルクかぶってもいい……コルク製のヘルメットが暴走族の定番であることから、チームに加入する許可を得るという意味。

＊４―赤玉……睡眠薬・ニメタゼパム（商品名・エリミン）の俗称。入手が容易なこともあって、ドラッグとして流行した。二〇一五年一一月に販売中止。

＊5―ガス……亜酸化窒素、通称・笑気ガス。二〇一六年二月に指定薬物に指定され、一般への販売が中止となる。
＊6―アリエル……ディズニー映画『リトル・マーメイド』の主人公。
＊7―山口組……二〇一五年八月、六代目山口組から分裂する形で神戸山口組が結成される。両者共に警察庁は主要暴力団として位置づけている。
＊8―暴対法……正式名称は「暴力団員による不当な行為の防止等に関する法律」。一九九二年に施行、二〇〇八年、一二年に改正。規制強化が進んでいる。

第３話

多文化地区の、路上の日常と闘いと祭り

――ヘイト・デモ、「日本のまつり」

韓国がルーツのひとつであるBAD HOPのTiji Jojo。

ヘイト・デモとカウンターとの衝突による混沌《こんとん》

冬の柔らかい日差しが心地よい日曜の午後。JR川崎駅から南東へ一キロほど離れた静かな通りに、不穏な空気が漂い始めていた。初老の女性が自転車を止めて怪訝《けげん》な顔で振り返り、ラーメン屋の主人が何事かとのれんをくぐって外に出てくる。彼らの視線の先に目をやると、まるで雷雲が近づくかのように、大勢の集団がノイズを立ててこちらに向かってくるのが見えた。やがて、あたり一帯は混沌にのみ込まれる。

「川崎のみなさん！　あなたたちの暮らしを、外国人の犯罪者が狙《ねら》っています！」

「差別はやめろ！」

「そんなヤツらは、この街からひとりもいなくなったほうがいいに決まっている！」

「今すぐ帰れ！」

「我々日本人は、ヤツらの食い物じゃないんですよ！」

「川崎ナメんな！」

嵐《あらし》のさなかにいると、遠くからはひと固まりのように見えたものが、車道を歩く六〇人ほどのデモの隊列を、その何倍もの機動隊が取り囲み、それをまたさらに何倍もの人々が沿道で追走しているという構図であることがわかる。もしくは、ノイズのように聞こえたものは、いわゆるヘイト・スピーチを基《もと》にしたシュプレヒコールと、対する抗議の声が渾然《こんぜん》一体となっているのだった。

デモの参加者が掲げるのは「日本浄化」「反日汚鮮」といったどぎつい言葉が印刷されたプラカード。一方、沿道の人々はそれを覆《おお》い隠すため、「川崎安寧」「いつまでもこの街で共に仲良く」と書かれた大きな布を広げる。そして、後者の〝カウンター〟と呼ばれる行動に参加しているのは、老若男女《ろうにゃくなんにょ》、様々な人々だ。トラメガで怒鳴る中年男性もいれば、白杖《はくじょう》をついた視覚障がい者もいる。茶髪の中学生が自転車でゆっくり蛇行運転をしながらデモ隊を睨《にら》む。鋲《びょう》だらけの革ジャンを着たパンクスが掲げるラミネートボードにはこう書かれている。——「KAWASAKI AGAINST RACISM」。

多文化地域・桜本に住む少年の悲痛な言葉

その約一週間前。川崎駅前の繁華街に建つ川崎市労連会館では、「ヘイトスピーチを許さない　オールかわさき　市民集会」と題したシンポジウムが開催されていた。弁護士や市民団体の代表に続いて、三〇〇人近い参加者の前に現れたのは、まだあどけなさが残る一三歳の少年だ。司会者の「プライバシー保護のため、写真を撮らないようにしてください」という注意に続き、彼は緊張した面持《おもも》ちで話し始める。

「僕のオモニは在日韓国人です。父は日本人です。僕は小さい頃から二つの文化背景を持つ〝ダブル〟であるということを、家族や周りからとても大切にしてもらいながら育ってきました」


少年が暮らしているのは、川崎区の工場地帯にほど近い街、桜本だ。古くから在日コリアンが多く住む地域として知られるが、近年はほかの国々からの転入者も増え、多文化地域の様相を呈している。

「僕が街を歩いていると、地域の人が〝アンニョン〟と挨拶《あいさつ》をしてくれます。僕には日本人の友達も、同じコリアン・ダブルの友達も、フィリピンやブラジル、ベトナムにルーツを持つ友達もいます。そんな中、ルーツのことでからかわれたり、からかったりするようなことはなく過ごしてきました」

しかし、二〇一五年の秋、彼はそんな地元に排外主義を掲げるデモがやって来るという話を耳にする。

「それを聞いたときは、『何をしにこんないい街にくるんだ』『来ないでほしい』と思いました。だから、僕はヘイト・デモをやっている人たちに話しに行こうと決めました。父やオモニは心配しましたが、僕は、桜本ではみんなが普通に仲良く暮らしていることを説明すればわかってくれると考えたんです」

一一月八日午後。冷たい雨が降りしきる川崎区・富士見公園に集合したデモの参加者は、桜本方面へ向かって歩き始めた。耳を塞《ふさ》ぎたくなるようなシュプレヒコールが響き渡る。

「僕の想像以上にデモはひどい状況でした」

少年は涙で声を詰まらせる。

「ヤツらはヘラヘラと笑いながら手招きをして挑発をしてきました。近づこうとしたら警察の人に止められ、『あっちへ行け!』『来るな!』と怒鳴られました。僕は『差別はダメだ』って言いたかっただけなのに。隣にいるオモニを見たら、泣いていました。いつも優しい父があんなに怒っているところを初めて見ました」

結局、抗議の声に押されて、警察はデモのコースを変更。桜本を避けた。しかし、少年はむき出しの憎悪《ぞうお》を目の当《ま》たり《あ》にし、深く傷ついたまま日常へと戻っていく。

「次の日に学校に行ったら、先生が『変なことを言う人たちが来たけれど、味方がいっぱいいるからな』と話しかけてくれた。友達が『大丈夫だった？』と話しかけてくれた。商店街の祭りでプンムルノリ（＊1）をすると喜んでくれる、フィリピンの料理が人気がある、そんなふうにみんなが共に生きる街、桜本にヘイト・スピーチなんていりません！」

少年が強い口調で言うと、満員の会場に拍手が鳴り響く。それを、椅子《いす》に座らず壁《かべ》際《ぎわ》で立ったまま見つめている男たちがいた。シンポジウムの参加者は中高年が中心だったが、彼らはその中では若く、フーディやコーチ・ジャケット、クラスト・ファッション（＊2）で身を包んでいる。川崎区を拠点に活動する反レイシズム団体〈C.R.A.C. KAWASAKI〉のメンバーたちだ。また新たなヘイト・デモの開催が迫っていた。

排外主義者が川崎にやってくる理由

川崎区ではいわゆるヘイト・デモが、二〇一三年五月を皮切りに計一一回にもわたって行われてきた（＊3）。特に、東京・新大久保や大阪・鶴橋《つるはし》を狙ったそれが社会問題化、同地での開催のハードルが上がって以降は、集中的に狙われてきたといっていい。排外主義者たちが川崎を選んだのは、当然、新大久保や鶴橋同様に外国人住民が多いためであり、市が推進する多文化共生政策に異を唱えるためである。中一殺害事件以降、プラカードに件《くだん》の〝川崎国〟という言葉も目立つようになった。彼らにとって、川崎は腐敗のシンボルなのだ。ヘイト・デモは、当初、川崎駅周辺の大通りを舞台としていたものの、前述した通り、一五年一一月八日のデモではコースに在日コリアンの集住地域＝桜本を組み込むなど、行動はより露骨に。また、それを受けて、地元住民や、様々な土地から集まるカウンターとの間の衝突も激しさを増した。

そして、一六年一月三一日。今回もデモは桜本を目指すとの情報がリークされ、緊張感が高まっていた。昼過ぎ、ＪＲ川崎駅前に降り立つと、市民団体のスタッフがこれから行われるヘイト・デモを周知させるためにビラを配っている。ほとんどの人々は受け取ったそれをきょとんとした様子で眺めているが、ひとりの青年が早足でやって来てスタッフからチラシを奪い取ると、くしゃくしゃと丸めながら繁華街の中へ消えていった。その先には、前回同様、ヘイト・デモの集合場所として指定された富士見公園がある。後を追うようにして公園に向かうと、彼の姿はおろか、デモやカウンターの参加者もまだ見当たらない。ただ、だだっ広い敷地にはすでに多くの警察官が待機しており、物々しい雰囲気が漂っている。様子を窺《うかが》っていたところ、ロシア帽を被《かぶ》った恰幅《かっぷく》のいい老人に話しかけられた。

「これから、何があるんだい？」

「ヘイト・デモってご存じですか？」

「『朝鮮人はここから出て行け』ってヤツだろう？」

老人はこちらの目をじっと見つめて言う。

「私も在日なんだよ。でもね、ここで生まれて、ここで育ったんだ。今さらどこに行けっていうんだい？　大体、彼らはここの人たちではないんだろう？」

しばらく歩きながら話していると、再び公園の入り口にたどり着いた。

「じゃあ、頑張って。私はこれからひと勝負やってくるんで」

老人はニヤリとする。指差す先には川崎競輪場があった。

〝朝鮮部落〟と呼ばれる池上町で育ったラッパー

オレの生まれた街 朝鮮人、ヤクザが多い
幼い少女がチャーリー 絶えねぇレイプ、飛び降り
金のために子どもたちも売人か娼婦《しょうふ》へ
生きるために罪を犯す罪人かホームレス
こんなところで真面目《まじめ》になんて難しい
積み重なる空き巣に暴行、毎夜の悪さは普通だし
15の頃には数十人まとめて逮捕
それでも一度のことじゃないから反省ない態度
とって繰り返し 気づけば暗がり 切れない黒いつながり
進路は極道かハスラー なるようになったお似合いのカルマ
金を稼ぐために必死に夜通し労働し
毎月支払う高い額に理不尽な上納金
毎日働く工場と悪事で日に日に汚す手

この街抜け出すためなら欲望も殺すぜ
ガキの頃と変わらない仲間と目にする Shinin
We Are BAD HOP ERA　今じゃドラッグより夢売る売人
——ＢＡＤ ＨＯＰ「Ｓｔａｙ」Ｂａｒｋのパートより

多文化都市としての川崎の始まりは明治末期にさかのぼる。一九一二年、それまでは農業が中心だった川崎町（現在の川崎区）が工場誘致を始め、臨海部に日本初の民営鋼管会社＝日本鋼管や、味の素の前身＝鈴木商店などの工場が建設される。様々な土地から集まってきた労働者の中には朝鮮人もいて、日中戦争が本格化し、工場地帯で軍需産業が振興すると共に増加していったという。さらに、第二次世界大戦後、故郷に戻ることができず、仕事にも溢《あぶ》れた大量の在日朝鮮人は、「川崎にコミュニティがある」という噂《うわさ》を聞きつけて転入。彼らは、湿地帯のような劣悪な環境にバラックを建てて、生活を始めた。現在も、日本鋼管の後身＝ＪＦＥスチールの敷地に隣接した池上町に行けば、その名残りを感じることができるだろう。

「『これが、ヒップホップでいうところのゲットーか』なんて、ラップを聴き始めてからも考えたことはなかったです。そういうことを意識し始めたのは、ほんとつい最近ですね。『そういえばこの街、すげぇな』みたいな。自分にとっては日常すぎて」

池上町で育ったBAD HOPのメンバー、Barkは言う。九五年に彼が生まれる以前、生活に困っていた両親は安い家賃に惹《ひ》かれてこの土地にたどり着いたという。

「友達の家に行くと、自分の家って狭いんだなぁって、ほかとの違いに薄々気づいてましたけどね。で、中学生のとき、知らないおじさんが池上町のことを〝朝鮮部落〟と呼んでいるのを聞いて、『そういうことか』って」

街の入り口の目印である、〈池上コインランドリー〉の店先で待ち合わせた彼は、頭上の高架を指差しながら幼少時代を振り返る。

「子どもの頃は遊ぶ金もないし、あそこによじ登って貨物列車に飛び乗ったり。根性試しって感じで。街の中が迷路みたいなんで、鬼ごっこするのも楽しかったです。近所の友達は職人になったヤツがほとんど。もう親方をやってるヤツもいるし、結婚して子どもがいるヤツも多い」

Barkは細く入り組んだ道を勝手知ったる様子で歩いていく。無計画に建てたバラック群が基《もと》になっているため、今もこのような入り組んだ構造になっているのだ。夕方だったが、街灯が少ないため、すでに薄暗い。路地裏で営業している焼肉屋の前を通り過ぎる。

「悪さをするようになってからは、警察に追われてても原付で池上に帰ってくれば、撒《ま》けましたね。パトカーが入ってこれないんですよ」

そのとき、角から子どもが飛び出してきた。いつかのＢａｒｋも、こうして遊んでいたのか。

「家は貧乏ですね。クリスマス・プレゼントとかもらったことないですもん。小さい頃、親に『サンタなんていないよ』って、はっきり言われましたから」

やがて、路地を抜けると、ほとんど遊具のないがらんとした公園の前に出た。

「だいぶきれいになりましたけど、昔はこのへん、不法投棄がすごくて。車が二台、積み上げてあったり。あと自殺も。初めて死体を見たのは小学生のとき。滑り台にオジさんが寝てると思ったら、その後、黄色いテープが張られて立ち入り禁止になってて」

そして、彼は今でもそんな街に住んでいる。

「食卓にはいつも近所からもらったキムチが上がります。自分は三人兄弟の真ん中。兄貴はどっかに行きました。連絡は取ってない。まぁ、生きてりゃいいかなって。弟は『オレみたいになりたくない』って勉強を頑張ってる。自分の部屋がないんで、ラップはイヤホンでビートを聴きつつ、近所を散歩しながらつくってますね。母親はこっそりＢＡＤ ＨＯＰのＹｏｕＴｕｂｅをチェックしてるみたい。今は、ラップを通してこの街のことを伝えられたらって思ってます」

川崎の若者たちの人種観

川崎の若者たちと話していると、いわゆるエスニック・ジョークのようなものが盛んに飛び交う。

「お前の親は北朝鮮だろ？」

「ふざけんな、韓国だよ」

「北朝鮮っぽい顔してるんだけどな」

「どっちも同じようなもんだろ。なんなら日本人も」

端で聞いているとぎょっとするが、そのポリティカル・コレクトネスなど知ったことではないというような遠慮のなさは、外国人住民との交流のなさから生まれる被害妄想めいたヘイトとは真逆のものでもある。ＢＡＤ ＨＯＰと飲んでいた際、池上町の隣町・池上新町の出身で、祖父が在日韓国人だったというＴ･ｉ･ｊ･ｉ Ｊｏ･ｊｏは言った。

「オレは小さい頃、親から『池上町には行くな』って言われてました。あそこは〝朝鮮部落〟って呼ばれてるように北朝鮮の人が多いんですけど、じいちゃんの世代は戦後、故郷が韓国と北朝鮮に分かれて、両者の間では関係が微妙みたいで」

しかし、Ｊｏ・ｊｏにとって、池上町は遊び場所だった。

「オレの世代には関係ないかな。Ｂａｒｋもいるし。ＢＡＤ ＨＯＰのビデオを池上町で撮ってるのは、馴染《なじ》み深いってのもありますし、様々な人種がいるのが川崎の色だと思うんで」

そして、「ヘイト・デモについてどう思う？」と聞くと、ＹＺＥＲＲの表情が曇る。

「あれってなんなんですか？　外国人の中にはムカつくヤツもいるけど、いいヤツだっていいるじゃないですか。それは日本人も同じで。全部でくくるのはおかしいですよ」

「Ｃｈａｉｎ Ｇａｎｇ」――お互いを鎖でつながれた囚人を指す言葉をタイトルに掲げたＢＡＤ ＨＯＰの楽曲で、Ｂｅｎ・ｊａｚｚｙはこうラップしている。

「目みりゃわかるこの街の子」

「なにより一人が嫌なヤツばっかり／物心つく頃にいた仲間なら多国籍でも」

「Korean Chinese　南米　つながれてる／川崎の　We are Chain Gang」

多文化地域の「日本のまつり」

ヘイト・デモが追分交差点を左折する。カウンターに参加していた地元の女性が、リークが正しかったことを察知して叫ぶ。

「四つ角に集まって！」

人々がデモ隊を追い抜き、五〇〇メートルほど先の大島四つ角を目指す。そこを左へ曲がればもう桜本なのだ。

「どうしよう、街に来ちゃうよ」

抗議集会で登壇した少年が泣いている。母親が彼を抱きしめる。カウンターの何人かが交差点の路上に寝転んだ。身を挺《てい》してヘイト・デモを止めようというのだ。機動隊が彼らを路上から引き剝《は》がそうとする。

「危ないから起きなさい！」
C.R.A.C.KAWASAKIのYが抵抗しながら怒鳴る。
「お前らがヤツらを通すから、こうしなくちゃいけねぇんじゃねぇか！　子どもが泣いてんだろ！」

やがて、あたりが騒然とする中、足止めを食らっていたデモ隊が警察の指示で来た道を引き返していった。

川崎における一一回目のヘイト・デモの二週間後――そして、一二回目のヘイト・デモの二カ月前の日曜、桜本でその名も「日本のまつり」と題した祭りが行われていた。ごった返す商店街を抜けて、コミュニティ・センター〈ふれあい館〉の前に行くと、ちょうど、チョゴリを着た子どもたちが出てきたところだ。その中には日本人の子どももいれば、フィリピン人の子どももいる。C.R.A.C.KAWASAKIのJも今日はクラスト・ファッションではなく、借りたチョゴリを着て、ちょっと照れくさそうにしている。これからパレードが始まるのだ。

みんなで集合場所の公園へ向かう。途中の道には韓国料理やペルー料理の屋台が建ち並び、寿司《すし》屋の店先に設置されたDJブースから流れるハウス・ミュージックに合わせて、地元の老人たちが身体《からだ》を揺らしている。公園の前では日本の神輿《みこし》の準備が進められ、園内ではプンムルノリが行われている。もちろん、川崎における多文化共生政策には課題があるだろう。警察は排外主義を野放しにし続けている。その現場に市の職員は足を運ばない。対して桜本の人々は、連発されるヘイト・デモの狭間《はざま》、たとえ一時でも、祭りという形でユートピアのあり方を提示しているかのように思えた。

「この間、Ｂａｒｋ君にコンビニで会いましたよ」

〈ふれあい館〉の職員である崔江以子《チェ・カンイジャ》が言う。

「『記事（本書の基になった連載）読んだよ』って挨拶したら、はにかんでてかわいかった。彼らはやんちゃな子どもでね。ふれあい館で喧嘩《けんか》が起こったこともあったし。でも、音楽で有名になってよかった」

ＢＡＤ ＨＯＰのメンバーたちは「昔は大人が嫌いだった」と言った。しかし、川崎には子どもを命がけで守ろうとする大人もいるのだ。

［註］
＊１―プンムルノリ……朝鮮半島の伝統芸能。
＊２―クラスト・ファッション……クラスト・コアというパンク・ロックから派生したジャンルにおけるファッションで、ボロボロに破れていたり、つぎはぎをしていたりという点が特徴。同ジャンルには政治的なメッセージを掲げたバンドも多い。
＊３―川崎区ではいわゆるヘイト・デモが、二〇一三年五月を皮切りに計一一回にもわたって行われてきた……この章で取り上げている一六年一月三一日のヘイト・デモが一一回目。街頭宣伝を含めると一三回目になる。

第４話

〝流れ者〟の街で交差する絶望と希望
――C.R.A.C. KAWASAKI、桜本フェス

川崎で繰り広げられるヘイト・デモへの抗議に集う人々。

風化してゆく中一殺害事件

「ダメだ、外れた……」

「おお、当たってる！」

二〇一六年二月二日、午前九時一五分。寒空の下に熱を帯びた声が響く。人々が覗《のぞ》き込むのは番号が列記された看板。さらにその周りを無数のカメラが取り囲む。

「ウチは全滅かぁ」

「〇〇君が当たったって！」

「さすが持ってる男は違うねぇ」

「さぁ、朝メシ食いに行きましょう」

報道関係者が談笑しながら去った後も、老人が茫然《ぼうぜん》と看板を見つめ続けている。手にした額縁の中では、かわいい顔をした少年が微笑《ほほえ》む。横浜中華街や横浜スタジアムにもほど近い、横浜市中区の中心地に建つ横浜地方裁判所前。これから行われるのは、当然、愉快なイベントなどではない。二〇一五年二月に起こった近年稀《まれ》にみる凶悪な少年事件――いわゆる川崎中一殺害事件の初公判だ。この日、四七の傍聴席に対して、八四一人もの希望者が押し寄せ、倍率は実に一八倍に及んだという。ただ、そこにいたほとんどの人間にとって事件は他人事《ひとごと》だ。やがて、彼らの下世話な興奮は朝のワイドショーを通して全国に伝わり、以降、判決が下されるまでの一週間、すでに風化しつつあった事件は、テレビやネットで再び盛んに取り上げられることとなった。

さらに、初公判の日には、一五年五月に川崎区・日進町の簡易宿泊所で起こった火災事件が放火であることが判明。期せずして、現代日本が抱える問題を凝縮したようなディストピアとしての川崎区が再び注目されたわけだが、結局、約一カ月後の現在、人々はほかのゴシップに夢中だ。

しかし、それは地元も同様である。ＪＲ川崎駅前の仲見世通のバーで出会った若者に件《くだん》の殺人事件のことを聞くと、彼は「まだ、あれを追ってるんですか？」と一笑に付した。

「犯人グループのうちのひとりは、パシリに使ってたことありましたけどね。それより、この前、もっとヤバいことがあって――」

日進町の簡易宿泊所が建ち並ぶ区域で話しかけた老人も、近所で起こった大火災を平然と振り返る。

「このへんは、毎晩のようにサイレンが鳴るからね。ただ、あの日はいつもより長いんで様子を見に行ってみたら、あらららって」

現在は持病で肉体労働ができないため、生活保護を受けながら簡易宿泊所で暮らしているという老人は、全国の飯場《はんば》を転々とした末、五年ほど前に川崎区に流れ着いたのだという。

中一殺害事件の被害者・少年Xもまた、離婚した母に連れられ、小学校時代を過ごした島根県西ノ島町から川崎区へと移り住んだ。そして、慣れない土地で彼を受け入れたのが、後に加害者となる不良グループだった。一方、主犯格の少年Aも母親はフィリピンからの移住者だが、前述の若者をはじめ、川崎区の不良たちが口を揃《そろ》えて言うのは、地元で彼は浮いていたということである。やがて、不良ヒエラルキーの下位にいた少年Aは、さらに下位である少年Xを手下にしようと試みたものの思い通りにいかず、殺人に至ってしまう。悲しいことだが、どれも、〝川崎〟というコミュニティではありふれた話なのかもしれない。

ヘイト・デモに抗《あらが》う活動家たちの素性

「川崎は流れ者の街でもあるんですよ」

Nは青島《チンタオ》ビールをグラスに注ぎながら言う。彼はパンク・ファッションに身を包んでいて、リングがはめ込まれて拡張された耳たぶのピアス・ホールは、窓の向こうに広がる夜の川崎を見通せそうなほど大きい。

「こいつは地元が静岡で、オレは愛知で。どっちも田舎が嫌で高円寺のライヴハウスで遊んだりしてたんですけど、結局、生きるためにまた川崎という〝ムラ〟に来ざるを得なくなって」

そう話すのは、川崎区・堀之内町のスケートボード・ショップ〈ゴールドフィッシュ〉のコーチ・ジャケットを着込んだPだ。仕事終わりに川崎駅近くの中華料理屋に集まってもらった彼らは、この街で繰り返される、いわゆるヘイト・デモに対抗する組織〈C.R.A.C. KAWASAKI〉周辺のアクティヴィストである。

そして、PとNが現場仕事と安い家賃を求めて川崎区にたどり着いた際、転がり込んだのが、川崎市南部で生まれ育ったJの家だ。ただし、髪をピンクに染めた彼もまた、長年、東京で暮らしていた。

「川崎区のヤツらって人生が地元の中だけで完結してるんですよ」

Jは言う。

「まず、大学に行かないから外に出ない。まぁ、オレも高校中退なんですけど、ロンドン・ナイトとかニューキー・パイクスのライヴで遊ぶために東京に行くようになって。地元の連中といても話通じないし、単純に好きな場所が近いほうがいいんじゃんってことで、東京に引っ越した」

彼は地元のコミュニティを出て、東京のコミュニティ——というよりは、サブカルチャーを基《もと》にした非地域的なコミュニティで生き始める。Pと出会ったのもそこでだった。

「Pのことを知ったのは、こいつが2ちゃんねるのバンド板のメンバー募集スレに書いた好きなものが、ポップ・グループ、フガジ、ジャッキー・チェン、ブルース・リー、ガンダムとかで、面白そうだから会ってみようかなって」

しかし、Jは私的な事情から川崎区に帰ることになる。「最初は『またすぐ東京に戻るよ』と言ってたものの……」、まずPが、続いてNがやって来て、いつの間にか彼らはこの地に深く関わっていくのだった。

流れ者たちのダークサイド

二〇一一年、東日本大震災による不安定な世相の中、日進町のアパートでJとPの共同生活が始まったが、引っ越してきたばかりの後者だけでなく、前者も職に溢《あぶ》れていたため、生活は苦しかった。やがて、二人は地元のラーメン店で働き始めるものの、そこは典型的なブラック企業で、肉体は疲弊し、精神は鬱屈《うっくつ》していく。

P「その店で、川崎の人間の汚いところを嫌っていうほど見ちゃって」

J「当時は『川崎なんてぶっつぶしてやる』みたいなことばっかり話してたよな」

P「世界が狭いのも嫌でしたね。憂《う》さを晴らしにスナックに行くと、次の日には同僚から『昨日、あそこ行ったでしょ』と言われたり」

J「逃げ場がない」

また、一五年に静岡県の田舎町を出て川崎区にやってきたNも、当初、独特の雰囲気に当てられたと話す。

「朝、仕事に行くとき、松屋に寄ると泥酔《でいすい》したおっさんがぶつぶつ独り言つぶやいてたり、次の日に今日はやよい軒にしようと思ったら、そこでも泥酔したおっさんが店員に絡《から》んでたり、その後、駅の便所でうんこしようと個室を開けたら、中で泥酔したおっさんが寝てたり。『もうなんなの、この街！』ってうんざりして。でも、一カ月ぐらい住んだらなぜか居心地が良くなってきた」

その雰囲気は、ある意味、彼の地元の閉塞感《へいそくかん》とは正反対だったのだという。

「川崎はアナーキーなんですよ。地方は、大抵、閉塞感しかなくて排他的なのに対して、川崎の場合はとりあえずどんなヤツでも受け入れるし、生きていける」

一方、Pの街に対する思いが変わったのは、ひとつの出会いがきっかけだ。ラーメン店を辞めた後、居酒屋で働き始めた彼は、相変わらず、冴《さ》えない日々を送っていた。

「そこによくフィリピン・パブの女の子たちが店を閉めた後、飲みに来てたんですね。最初は嫌でした。うるさいし、来るたびに『ちっ、なんだまたフィリピン人だよ』ってうんざりしながら対応してたんですけど、向こうは明るいし、だんだん、話すようになった」

ある日、彼女たちの店に遊びに行ったPは、天真爛漫《らんまん》だと思っていたフィリピーナのいつもとは違う表情を知る。

「楽しく飲みながら、何気なく『日本はどう？』って聞いたら、急に真剣な目になって、『夢を持って定住しようとする子もいるけど、みんな地獄を見てるよ』と言うんですね」

次の日、職場に行くと同僚が厨房《ちゅうぼう》で「またフィリピン人だよ」と舌打ちをしている。少し前の自分のように。

「そのとき、『ああ、差別ってこういうことか』とハッとして。ラーメン屋でも同僚に中国人がいたし、川崎って外国人との距離が近いんですよ。だからこそ、差別意識が生まれたりもする」

流れ者の集まるアナーキーな川崎でも――いや、そんな街だからこそ、不安定さに耐えられなくなったときに、人を見下すことで自分の地位を確保しようとする者がいる。それは日本の縮図でもある。

差別をやめて〝共に生きよう〟

東日本大震災以降、まるでストレスを発散するかのようにヘイト・スピーチを掲げるデモが増加したことに対して、抗議活動を行ってきたのがカウンターと呼ばれる人々だ。その成果として当初の標的となった新大久保でのヘイト・デモの開催が難しくなると、しかし次なる標的に川崎が選ばれる。もともと、多文化地域だったことに加えて、中一殺害事件の犯人グループの中にフィリピン系日本人がいたことも排外主義者の感情を煽《あお》ったのだ。そして、ある日、JがPをヘイト・デモへの抗議活動に誘った。
J「パンクには〝個であれ〟みたいなところがある。だから、もともとは地元にコミットする気がなかったんです」
P「ライヴハウスですら嫌うようになってましたからね。『あいつら群れてる、クソだ！』って」
J「ただ、同時にアンチ・レイシズムはパンクの教養なんで」
やがて、C.R.A.C. KAWASAKIとして川崎在住のカウンターと共に活動を始めた彼らは、ヘイト・デモの現場で抗議の声を上げることに加えて、政治的な力で状況を変えようと地元の政治家や政治団体に協力を求めていったが、その動きの中で〝発見〟したのが川崎区・桜本のコミュニティ・センター〈ふれあい館〉だった。
P「川崎がディストピアなのだとしたら、レイシストに抗《あらが》うのは当然として、希望をつくらなきゃいけないと考えていたとき、同館を知って驚いたんです。『すでにあるじゃないか！』と」
ふれあい館は、川崎市が社会福祉法人・青丘社に運営委託をする形で、一九八八年に開館した社会教育館と児童館の統合施設だ。同社は桜本に住む在日韓国人の拠《よ》り所《どころ》だった川崎教会から派生する形でつくられたが、朝鮮ルーツのアイデンティティにこだわるだけでなく、むしろ、共生を理念としている。ふれあい館もまた、中国、フィリピン、ブラジル、ペルー……様々な国をルーツとする地元住民が増える中で、多文化地域を実現するための核となってきた。

Ｐ「夜、ふれあい館に行くと、（ニンテンドー）ＤＳで遊んでる子もいれば、勉強をしてる子たちもいて。さらに、後者の中には日本語を練習してる子もいれば、生活保護受給世帯の子どもは塾に通えないからって、スタッフにわからないところを教えてもらってる子たちもいて」

Ｊ「子どもたちが、『ふれあい館の人たちは、私たちのお父さんお母さんなんだ』ってさらっと言うんです。そこまでの関係を築いてるんだって衝撃を受けました」

Ｐ「桜本の人たちが掲げる〝共に生きよう〟という言葉も最初はぬるいと思ったんですよ。レイシストを罵倒《ばとう》してきたカウンターとしては。ただ、バックグラウンドを考えたらゴツい話で。散々、差別をしてきたヤツらにも、『差別をやめて〝共に生きよう〟』と言うんですから」

あるいは川崎区は、反差別運動だけでなく、工場地帯として栄えたことの負の側面である公害に対するいわゆる川崎公害訴訟や、車椅子《くるまいす》使用者の乗車を拒否した路線バスに対するいわゆるバス闘争が起こったりと、日本におけるマイノリティ／市民運動の発展の場となってきた。

P「〝カウンター〟とかいって、みんな新しいことをやってるつもりになってるけど、地元ではふれあい館だったり、オールド左翼だったり、淡々と活動を続けてきた人たちがいるんですよね」

川崎に放り込まれた〝じゃぱゆきさん〟の子ども

「桜本は私の地元。みんな友達だし、すごくいい街だよ」

そう言って、ナタリーは笑った。つい先ほど、ステージで友人のアリサと一緒にアリアナ・グランデと絢香《あやか》のヒット曲を歌っていた、フィリピン人の両親を持つ一六歳の彼女は、子どもの頃、事情があって川崎区・桜本に越してきたという。また、同地でも様々な苦労を体験したが、それを支えたのがふれあい館のスタッフだった。

「将来？　歌手になりたいな」

後ろの壁には、約一カ月前の、桜本を狙ったヘイト・デモに抗う人々の写真が飾られている。ドアの向こうの音楽ホールでは、フィリピン系のミックスの若者と、日本人の若者たちのバンド・TINKSが演奏するMONGOL800「小さな恋のうた」に合わせて、小学生がモッシュをしている。二〇一六年二月二一日午後、桜本の子どもたちが通う川崎市立さくら小学校で行われていた音楽イベント「桜本フェス」は、クライマックスを迎えつつあった。

去年はじめて実現した「桜本フェス」。
今年もやることにした。
〝音楽で世界を変える！〟
このイベントはそんな大それたもんじゃない。
実際に、去年の桜本フェスからの一年、
一体、僕たちの何が変わったのか。
何も変わってないじゃないか。
何も変わらなかったかもしれない。
でも、去年の桜本フェス、本当に楽しかった。

ちょっとは幸せを感じられた。
僕たちの生活の片隅にいつもある音楽。
音楽で僕たちは楽しくなれるし、
ちょっとは幸せになれる。
そんな小さな幸せの記憶を
ちょっとずつでも積み重ねていくしかない。
そんな場を、ここ桜本で作れたらいいと思う。
そんなひと時を今年も持てればと思う。

二月二一日。みなさんのことをお待ちしています。

「桜本フェス」のフライヤー裏面にはそんな文章が記されていた。このイベントを主催したのもまたふれあい館で、企画の中心となった同施設職員の鈴木健は、発案の経緯について以下のように語る。
「ちょうど二〇〇〇年代に入ったあたりから、桜本でフィリピンの子どもたちが目につくようになったんです」

それは、〝じゃぱゆきさん〟の子どもたちだった。一九八〇年代、バブル景気の時期にフィリピン人の渡来が急増。エンターテイナー（興行ビザ）を隠《かく》れ蓑《みの》にして、いわゆるフィリピン・パブで働く女性が社会問題化する。

「その中にはフィリピンに子どもを残してきた人たちもいたんですね。夫はどこかへ行ってしまって、当時、フィリピンは貧しくて生活ができないから、赤ちゃんを実家や親戚《しんせき》に預け、養育費を賄《まかな》うために日本で働くという」

またその後、まま見られたのが、日本人男性と結婚し、在留資格を取得するケースだ。

「そうこうしているうちに、フィリピンに置いてきた子どもが大きくなってきて、預けるのも限界だったり、一緒に暮らしたかったりということで、彼女たちが一〇代半ばの子どもを日本に呼び寄せ始める」

八五年に生まれた子どもが二〇〇〇年で一五歳になるということで、八〇年代のフィリピン人の渡来ブームと、二〇〇〇年代の子どもの渡来ブームに相互関係があることがわかる。ただ、すでに日本人男性とも離婚し、貧困状態にあった母親も多く、渡来した少年少女が置かれた環境は決して良いとはいえなかった。

「ましてや、子どもたちはいきなり連れて来られるわけですからね。ある日、お母さんがフィリピンに帰ってきて、『来週からあなたは日本に行く』と告げられて。それで、短期間で戻れるのかと思ったら『このまま、日本で生活しなさい』と。一〇代半ばといったら、物心はついているけど、不安定な年代。それなのに、地元の友達、ボーイフレンド、ガールフレンドとの関係を断ち切られ、言葉もわからない環境に放り込まれる。荒《すさ》んでいくのも当然です」

鈴木はそんな彼らをサポートし続けてきたのだ。

「よくいるのが、一〇代半ばで日本に来て、工場で働いて、仕事でコミュニケーションを取る必要もそんなにないから、日本語がほとんどしゃべれないままの若者。プライヴェートは同じルーツの人たちで固まって。ただ、それでは社会から浮いたままなので、なんとか高校には行ってほしくて。ふれあい館でも、受験の準備をするための多文化フリースクールというものをやっています」

一方、不安定な状況において、道を踏み外していく若者もいたという。

「そして、彼ら彼女らに居場所をつくったのが、川崎ではヤクザだったんです」

二〇〇〇年代、川崎では、不況によってシノギが減り、さらに、規制強化によって動きづらくなった暴力団が、新たな手口として、外国をルーツに持つ少年少女を取り込む事例が横行していた。

「もちろん、ひどいことなんですが、彼ら彼女らを受け入れる土壌が社会になく、その代わりをヤクザが担《にな》ったというのも事実です。また、交渉しに行ってなんとか解放してもらえた子どもたちも、数年経《た》つと、結局は性風俗店で働き始めたり、あの苦労はなんだったんだとがっくりしたこともありました。でも、あきらめてはいけないと、若者たちとガチで向き合うプロジェクトを立ち上げた」

そして、一五年から始まったのが「桜本フェス」だ。イベントを観《み》ていて、アウトローだったBAD HOPがラップを通じ、社会と関わり始めたように、流れ者だった子どもたちを音楽がすくい上げてくれるのではないかと感じた。しかし、鈴木は「現実はそんなに甘くない」とため息をつく。

「フライヤーにも書いたように、この一年で彼ら彼女らを取り巻く環境が変わったかっていうと、はっきり言って変わってませんよ。ただ、そこにとらわれていると、『オレはこれだからダメなんだ』『これだからダメなんだ』『これだからダメなんだ』とループして、不幸な記憶が積み重なり、身動きが取れなくなっちゃうんですね。対して、『でも、あの日は愉《たの》しかったよな』とフェスを思い出し、『またいいことがあるかもしれない。もう少し頑張ろう』とループを抜け出してくれたら。そういう、小さくてもいいから、拠り所となる幸せな記憶をつくっていくこと。それって、〝勝てないかもしれないけれど、負けないための生き方〟なんじゃないかと」

ひとつ、着実に変わった点もある。皮肉なことだが、ヘイト・デモが起こったことによって、子どもたちに、地元に対する愛着が芽生え始めたのだという。

「今の桜本の子どもたちは、親の世代の事情で流れてきたケースが多いんですが、街の危機だからこそ、自分たちが住んでいるところがどういう場所なのか意識するようになっている。『オレたちの街っていろいろなヤツがいるけど、そのことを当たり前のこととして、一緒に生きているんだ』と。桜本フェスが終わった後も、理由があってこの街に住めなくなってしまった子が、『ここがオレの地元だ』って泣いていました。もちろん、彼ら彼女らを取り巻く環境は改善していないわけだから、『フェスが、地元意識が、なんになるんだ』という意見もあるでしょう。それでも、生きていく上で何かしらの力になるんじゃないか。いや、なればいいなという、僕の一方的な、祈りに近いような想《おも》いですよね」

流れ者たちの挑戦

ヘイト・デモが川崎駅前の繁華街を通過する。インスタ・チャンスとばかりにスマートフォンを掲げる通行人の中に、ヘイト・スピーチをまくし立てるデモの隊列を真剣な眼差《まなざ》しで見つめる、東南アジア系とおぼしき青年がいた。そのとき、誰かが彼にわざと身体《からだ》をぶつけた。彼が怪訝《けげん》そうに相手を見ると、やはり東南アジア系とおぼしき女性で、いたずらっぽく笑っている。彼は「なんだ君か」という調子で笑い返した。二人にとってもまた川崎は地元になりつつあるのだろうか。そのデモでもカウンターとして抗議活動を行っていたC．R．A．C．KAWASAKIのPは言う。

「そもそも、〝地元〟みたいなものが嫌で田舎から出てきたわけですけど、オレたちが今やってるのって、結局、新しい故郷を自分たちの手でつくる作業なのかなって。流れ者として街に来て、洪水で溺《おぼ》れてる人がいたから助けて、そのまま去ってもよかったんだけど、街の人たちと一緒に『じゃあ防波堤をつくろうか』という話になって。計算したら一五年はかかるぞと」

Pが中華料理店を出た後、飲み足りないと言って、コンビニエンス・ストアへ缶ビールを買いに走るその足取りは、千鳥足だが、地元民としてしっかり行き先を把握していた。

「今、働いてる現場には、オレが入る前に中一殺害事件の犯人グループの子がいて。親方は『現場では、優しいいい子だった』と言ってました。ああなってしまったのは、環境も大きいと思うんですよね。それを変えていかないと。やっぱり、若い子たちには悲しんでほしくない。オレらは今まで散々遊んできたから、もういいんです。オレらが働きます」

流れ者の街として発展してきた川崎を変えるのもまた、流れ者たちなのだ。

第 5 話

路上の闇に消えた〝高校生RAP選手〟

―― LIL MAN（ttwp）

第1回「高校生RAP選手権」で準優勝を果たしたLIL MANこと鈴木大將。

川崎の夜

川崎の闇《やみ》は濃い。平日の夜、くたびれた帰宅客でごった返すターミナルと、気が大きくなった酔客が空騒ぎを繰り広げる繁華街をすり抜け、南下していくうち、ひと気がなくなり、街灯もまばらな、ふるびた住宅街へと入り込んだ。やがてたどり着いた、目的地である中学校の門の先は本当に真っ暗で、一瞬、足がすくむ。おそるおそる、校内を進んでいくと、がらんとした運動場の先にある建物に明かりがともっているのが見えるとともに、呻《うめ》き声と、何かを打ちつけるような音が聞こえてくる。そして、開け放たれたドアから中の様子をうかがえば、目に飛び込んできたのは、男たちがミット打ちや、寝技のスパーリングに取り組む光景だ。鍛え上げられた上半身を覆《おお》う和彫りが、火照《ほて》って赤く染まっている。そのとき、腕を締めつけられた青年が、たまらず、タップアウトした。「ああ、ちくしょう。もう一回だ！」。密室のような夜の帳《とばり》の中に、生命力に溢《あふ》れた声が響き渡る。

〝高校生〟ラッパーの実情

「うーん、オレはなんで消えてしまったんでしょうね？」

クロスオーヴァー・モデルのベンツのバックミラーの中で、ハンドルを握った鈴木大将《たいしょう》が笑っている。彼は若者の間では、第一回「高校生ＲＡＰ選手権」の決勝戦において、同じ川崎区出身のＴ－Ｐａｂｌｏｗと熱戦を繰り広げたラッパー、ＬＩＬ ＭＡＮとして知られている。大将と会ったのは久しぶりのことで、名前の由来となった身長はだいぶ伸びていたが、不敵さと人懐《ひとなつ》っこさが混ざったような雰囲気はそのままだった。

「高校生ＲＡＰ選手権」は、Ｔ－Ｐａｂｌｏｗが初優勝時、一六歳ではあったものの〝高校生〟ではなかったように、実際には学校に通っていない選手も多かった。その中には、中学卒業後、進学よりもアウトローへの道を選んだ者もいて、Ｔ－Ｐａｂｌｏｗがまさにそうだったし、一歳下にあたるＬＩＬ ＭＡＮも同様だった。そして、そういった若者たちをむしろ積極的に起用した件《くだん》の企画は、ショウビジネスの枠を超えてラップ・ミュージックの本質を映し出すと同時に、彼らをアンダーグラウンドから引っぱり上げようとしたのだ。しかし——

どこに姿を消していたのか

「地元の先輩、関係ねぇ！」

二〇一二年七月、江東区にある放送局、スカパー！のスタジオ。緊張で張りつめた雰囲気の中、マイノー「ミリオン・バックス」の勇ましいビートに乗ってＬＩＬ ＭＡＮが食ってかかる。一方、Ｔ-Ｐａｂｌｏｗは冷静に「確かに関係ないぜ後輩先輩」と受け止めると、意外なことに共闘を呼びかけた。

「オレらで回そうぜラップでこの国の経済！」

その粋《いき》な返しにはＬＩＬ ＭＡＮも思わず歓声を上げ、応《こた》える。

「そうさこんな戦いしても意味がない」

「お互い同じことを思ってヒップホップ」

第一回「高校生ＲＡＰ選手権」決勝戦は、フリースタイル・バトルという形式を超えて、新たな時代の幕開けを象徴する感動的な展開となった。実際、そこから日本でもラップ・ブームが始まったわけだが、優勝者であるはずのＴ－Ｐａｂｌｏｗはトラブルに足をすくわれて、当初、流れに乗り損なう。やがて、ＬＩＬ ＭＡＮもまたスポットライトを避けるように、闇の中へと去ってしまった。

「ひとつは、顔が知られて、いろいろと面倒くさくなっちゃったのかもしれませんね。ＳＮＳに『今度、乾杯しましょう』って書き込んだだけで、『君、未成年でしょう？それ、犯罪だよね』みたいなリプライが飛んできたり」

せっかくラッパーとして有名になったのに、どうして消えてしまったのか？――という質問を投げかけると、大将はアクセルを踏みながら記憶をたどり始めた。

「それで、ラップはやめて、ギャングスターになろうと思って。その後はいろいろありました。でも、また帰ってきたんで」

鮮やかなハンドルさばきでもって車を次々と追い越していく彼のキャップには、オールド・イングリッシュで描かれた、最近、結成したクルーだという〈ｔｔｗｐ〉の文字。サウンド・システムからは、録音したばかりだというレイドバックしたラップ・ソング。そう、大将は〝消えていた〟わけではない。それは、あくまでもテレビやインターネット越しに追いかけていた我々の印象であって、当然、彼の人生は続いていたのだ。ほかでもない、川崎のストリートで。

クルーの共通点は家庭環境が特殊なこと

「物心ついてから今までのことを全部思い出していたら、涙が出そうになった。周りのみんなには言いたくないこと、オレだけの中にしまっておきたいことばっかりだけど、とりあえず、一九年間生きてこれてよかったって、ホッとしている」

連絡を取っていた携帯電話の番号が通じなくなって二年半が経《た》った頃、ふと見つけたフェイスブックのアカウントで、大將は一九歳の誕生日にあたってそんな投稿をしていた。しかし、彼が〝周りのみんな〟にこそ助けられてきたことは、同時にアップされていた、仲間と撮ったたくさんの写真を見れば明らかだった。そして、彼の車で向かった、JR川崎駅から少し離れたビルの一室では、そこに映っていた面々が、みな一様にttwpのキャップを被《かぶ》って出迎えてくれた。部屋には物々しい防犯モニターが並び、川崎の闇に紛れた敵と仲間をしっかり判別している。

ttwpは、ラップ・グループ＝HIGHTIMEBOYZとしても活動しているクルーで、メンバーは音楽だけでなく、サーフィンやスノーボード、地下格闘技などさまざまな分野に関わっているが、みな川崎区出身だということ、家庭環境が特殊だということで共通していると、韓国系のラッパー・ＪＯＨＮＩＬＬは話す。

「実家が貧乏だったり、親が韓国人、フィリピン人、あるいはヤクザだったり、片方しかいなかったり……大体、複雑ですね」

例えば、同じくラッパーであるＪＡＭＤＹは、最近、自分の父親がＪＯＨＮＩＬＬの母親と再婚したことを知ったという。

「母親の前でＪＯＨＮＩＬＬ君の名前を出すと微妙な顔をするんですよ。それで、あれっと思って確かめてみたら……」

また、格闘家である鈴木拓巳《たくみ》は大将の従兄弟《いとこ》だ。

「大将の父親とオレの父親が兄弟なんですけど、オレの本当の父親はまた別にいて。しかも、その本当の父親の弟の息子が、大将の父親の部下だっていう」

それを聞いて、同じく格闘家である中村辰吉《たつよし》が「何回聞いても覚えられない」と笑う。

「でも、オレも親父《おやじ》、三人いますからね。兄貴、オレ、妹と弟、みんな親父が違う。で、今の親父の連れ子も二人いて、オレよりだいぶ年上で。……自分でもよくわからない！」

浜町の濃密なコミュニティ

「誕生日のときは、これまでのことを思い返してちょっと切なくなってたんですよ」

そう照れ臭そうに言うＬＩＬ ＭＡＮこと鈴木大将は、父親の地元・川崎区浜町で育った。一九九六年に彼が生まれた際、父親は一九歳、母親は一八歳だったという。

「親父も母ちゃんも、まぁ、イケイケで、バイクに乗っていた母ちゃんを、暴走族だった親父が『誰の許可もらって走ってんだ』みたいな感じで止めたのが出会いだったらしい。で、すぐにデキ婚」

しかし、大将が四歳のときに父親は逮捕。八年間、刑に服することになる。シングルマザーとなった母親は、大将を連れて実家のあった川崎中部へと移り住んだが、そこでも暮らしは安定しない。

「ばあちゃんがアル中だったんですけど、小四のとき、『お前を殺して、私も死ぬ』と言って包丁を突きつけられたこともありました。オレは鍋《なべ》を盾《たて》にして必死に防いでたら、じいちゃんが帰って来て、ばあちゃんをボコボコにするみたいな。小六のときには、突然、五、六人のスーツを着た男が家に入ってきて、めちゃくちゃに荒らされて。それはガサ入れで、母ちゃんも泣きながら逮捕されちゃう」

母親は働いていた会社で、知らないうちに詐欺《さぎ》の片棒を担《かつ》がされていたのだという。そして、両親を失った大将は今度は父方の親戚《しんせき》を頼って、再び川崎区浜町に戻る。そこで共に暮らすことになったのが、前述の一歳上の従兄弟、拓巳だ。彼もまた、母親は覚せい剤取締法違反で逮捕されており、父親は遊び歩いて家に帰って来ないような状況にあった。さらに拓巳と同じ歳《とし》の辰吉を加えた三人は、過酷な環境の中で兄弟のように結束力を強めていく。

「ずっと三人で遊んでましたね。悪いことは全部彼らに教えてもらった。しばらくして、オレの母ちゃんは出てきたんですけど、『まだこっちにいるわ』って言いました。中部にいた頃は母ちゃんも夜の仕事だったし、オレはいつもひとりで。それに比べて、浜町は楽しかった」

浜町が地元である三人の話を聞いていてまず驚かされるのは、とにかく、近所に親戚がたくさん住んでいるということだ。

大将「浜町だけで四〇人はいます。特にウチの家の周りは親戚が固まっていて、拓巳の家も隣で。越してきた頃も、いつも家に親戚が二〇人ぐらいたまってて、毎日、みんなでメシ食って。しかも、ヤンチャな人が多かった」

拓巳「喧嘩《けんか》に負けてボロボロで帰ったら、もう一回、行かされますからね。みんなに『何やってんだ』ってゴルフクラブとかバットとか、武器を持たされて。で、『気合入れろ』ってビール飲まされて」

そのような環境の中で、彼らはいわば不良の英才教育を受けて育つ。

拓巳「中学の入学式なんか、親父が頼んでもないのに改造制服を買ってきて。ただ、子どもだし抵抗あるじゃないですか。先生に怒られるかもしれないし。それで、普通のヤツで行ったら、逆に、『お前、なんであれを着て行かないんだ』って親父に怒られるっていう」

辰吉「当時、拓巳の父ちゃんにキャバクラ連れて行ってもらってめっちゃ面白かったよな」

拓巳「教育が独特すぎるんだよ。高校も行かせてもらえなかった。もともと、美容師になろうと思ってたのに、三者面談で先生が『この美容学校とかいいんじゃないですか?』と言ったら、親父は職人だから『こいつはウチで働くんでダメです』って。その日からさらにグレましたね」

また、彼らの親戚の中にはアウトローも多いという。

拓巳「『指を落としてくれ』って言われて、手伝ったこともありますよ。ノミとハンマーで。でも、切った指が飛んじゃうんですよ。パーン！　って」
辰吉「そのとき、オレも一緒にいたんですけど、慌《あわ》てましたね。『探せ探せ！』『あったあった！』『よかった〜』みたいな」
拓巳「その指、まだ持ってます。ホルマリンに漬けて」
大將「その人はもういないですけど」
　彼らは浜町自体がひとつの大きな家のようなものなのだと言う。
大將「ずっと親戚だと思ってた人が、実は親戚じゃなかったりすることとかありますからね」
拓巳「逆に中学校の大して仲の良くないヤツが、『え、親戚だったの？』とか」
大將「まぁ、スラム街ですよ」
　そして、〝家〟は拡大している。実際、大將の実家に行くと親戚の職人たちによって改装の真っ最中だったが、それは、最近、父親が再婚したからで、大將は「突然、ギャルの妹が三人できた」と笑う。しかも、継母《ままはは》は実母と知り合いなのだそうだ。
大將「暖かくていいなと思うときもあるし、面倒くさいなと思うときもありますけど。狭いから、どんな話でもすぐに回っちゃうんで」

裏稼業《うらかぎょう》から足を洗い、音楽を再開

「ここに住んでたおばあちゃんはアル中で、家の前で寝ちゃうから、小学生の頃、よく鍵《かぎ》を開けて中に入れてあげてました」

「ここの焼肉屋のおっちゃんは、すげぇいい人だったんですけど、この間、店の前で腹を切って自殺しちゃった」

大将が夕方の浜町を案内してくれる。その路地裏に広がる闇は単純な黒ではなく、人情と非情が、絆《きずな》としがらみが混ざり合っている。そして、彼もまた、一時期、そこにはまり込んでいた。

「ラップはやめて、ストリートで生きていこうと思ってた頃はかなり稼いでました。ナイキの靴箱に現金と純金を保管して。で、キャバクラで遊んで、ひと晩で一〇〇万使って。『どうせまた入るからいいじゃん』みたいな」

しかし、あるとき、彼は自分が袋小路《ふくろこうじ》に向かっていることに気づく。

「周りがどんどん逮捕されていって、オレのところにもガサ入れがきて。裏切り者がいたんですけど、そいつが金を持って逃げたんで詰めたのを機会に、『もうやめよう』

ということになりました。そのまま続けてても、捕まるか殺されるか、どっちかだろうから」

地元を代表するラッパーでありハスラーであり、父親の友人でもあったＡ－ＴＨＵＧが、大将に宛《あ》てて刑務所の中から送ってきた手紙も、彼の心を動かした。

「『お前はこっちサイドに来るな。ちゃんとラップをやれ』と書いてありました。それで、もう一回、音楽をやってみようと思ったんですよね」

喧嘩の勝ち負けだけがこの世のすべてだった

一方、拓巳と辰吉も喧嘩に明け暮れていた。

辰吉「週末、川崎駅前に飲みに行くと、絶対、喧嘩になっちゃうんですよ。『今日こそはやめようぜ』って言うんですけど、結局、売られちゃうから」

拓巳「ただ、オレたちも出かける前にミット打ちしてましたけど」

辰吉「なんならオープンフィンガー（グローブ）着けていくばりの。飲むよりそっちのほうを楽しみにしてるんじゃねぇのかっていう」

そんな二人が格闘技を始めたのは中学生のときだ。それは、彼らが川崎で生き抜くための術《すべ》だった。
拓巳「やっぱり、喧嘩に強くなりたいっていうのが最初の動機ですね」
辰吉「ずっと同じボクシング・ジムに通ってました」
大将「小中は喧嘩の勝ち負けだけがこの世のすべてだと思ってました。オレは二人と違ってめちゃくちゃ弱かったんですよ。身長、一四〇ぐらいしかなかったんで、ナメられてて」
拓巳「でも、大将の場合、道端で喧嘩になって負けても、100ロー〈ローソンストア100〉。一〇〇円の商品を中心とする小売店）で武器買って戻ってきますからね。『殺すぞ、このやろー！』って叫びながら、血だらけで両手に包丁持って。クレイジー度では負けない」
しかし、拓巳と辰吉もそんな生活に嫌気が差していった。
辰吉「この歳で喧嘩ばかりしてるのも馬鹿《ばか》らしいなって」
拓巳「本職になるつもりもないし」
そして、二人は喧嘩のための格闘技から、格闘技のための格闘技へと転向する。現在、参加している地元中学校での練習会は、喧嘩師として知られる先輩が川崎の目立つ不良に声をかけ、開催しているのだという。日中も職人として身体を酷使している彼らは、さらに仕事の後に集まってスパーリングを行う。体育館の奥では、子どもたちが在日韓国人の老人にテコンドーの指導を受けている。拓巳と辰吉は、〝喧嘩の勝ち負けだけがこの世のすべて〟ではないという、本当の意味での生き抜くための術をあらためて学んでいるのかもしれない。

拓巳「喧嘩と試合、どっちが面白いか？　オレは試合だな。目立ちたいし」

辰吉「喧嘩はパッと始まって、パッと終わる。対して、試合はリングに立つまでがハンパなく長いんですよ。で、直前に緊張感がマックスになる。『あー、もうすぐだ、あー！』みたいな。それがたまらない」

拓巳「ちなみに、この二人ではスパーリングはしない。喧嘩になっちゃうんで」

辰吉「オレらの負けず嫌い度はハンパじゃないから。一回やったら、ヤバくなるまでやめない」

拓巳「だから、口喧嘩すらしたことないんですもん」

川崎の成人式

彼らがｔｔｗｐを結成し、ラップ・グループ＝ＨＩＧＨＴＩＭＥＢＯＹＺを始めたのも、川崎での殺伐とした生活と息抜きのための遊びをアートへ昇華させようと考えてのことだった。また、彼らに刺激を与えたのは、ほかでもない、大将もその立ち上がりに関わった近年のラップ・ブームだ。

拓巳「川崎でラップをするヤツが増えたのはほんとここ最近。オレらが中学生の頃はギャングしかいなかった」

JOHNILL「みんなで黒い服着て、悪さして。それがヒップホップだと思ってた」

拓巳「BAD HOPは昔から知ってるんですよ。あいつらが川中島（中学校）で、オレらが臨港（中学校）で、当時、『その間では喧嘩はしない』『どっちが川崎の頭かは決めない』っていう話になった」

辰吉「でも、あいつらだけ目立ってるのはちょっと悔しいじゃないですか」

拓巳「じゃあ、オレたちもやるよっていう。ラップで競うなら平和ですしね」

大将「実際、二人（拓巳と辰吉）ともラップをやってみたら上手《うま》くて。それは、やっぱり、これまでの人生が濃いからだと思うんです」

拓巳と辰吉は、今年の成人式に、出身校＝臨港中学校の旗をつくって参加していた。川崎の不良は出身中学校にこだわる。それは、単純な話、中学が最終学歴の者が多いからだが、彼らにとって幸福な時代がそこで終わっているからでもある。シャンパンのボトルを一気飲みし、旗を振り回し、バク転をしてはしゃぐ辰吉の姿は、まるで異国の儀式を見ているようで、感動すら覚えた。川崎の不良たちは二〇歳まで生き延びたことを祝っていた。そして、明日からまた日常が始まる。果たして、この荒涼とした道はどこへ向かっていくのだろう。

「結局、思うのは、川崎はマジ、クソってこと。しがらみばっか」

大将が顔をしかめると、拓巳が口を挟んだ。

「でも、それがなかったらつまんなくね？」

辰吉も言う。

「スリルがあるしね」

大将がうなずく。

「そうだね。それをみんなで乗り越えたからこそ、今一緒にいるんだし」

一〇年後のことは考える？——と聞くと、辰吉はこう答えた。

「まぁ、遊んでるべ、このメンツだったら。どうなるかわかんないけどね。死んでるかもしんないし。みんないずれ死ぬんだよ。早く死んだほうが楽だよ」

不良少年は父になるのか

浜町を案内してくれた後、大將が車で川崎駅へ送ってくれる道すがら、未来の話になった。彼は来年の成人式のために、すでに袴《はかま》を予約したのだという。

「『あなたが一番早い』って店の人に言われました。リムジンも借りようと思ってるんですよ。最後だから一番目立ってやろうかなって」

彼は成人式を終えたらアメリカに留学するつもりなのだと、計画を語る。現在はその費用を貯《た》めるために、伯母《おば》が経営するスナックで働いている。

「とにかく、川崎を出たいんですよね。サーフィンが好きだから、海の近くに住みたい。いや、ここも海は近いですけど、汚くて入れないんで。あと、子どもがオレみたいになったら嫌だなって。親父はオレが生まれたとき、一九だったんですけど、『今、子どもがデキたら終わりだぞ』って言ってます」

西日に目を細めながら、大將は笑う。

「でも、最近、親父といろいろな話をするようになって。親父もサーフィンが好きなんですよ。ラップのライヴに最初に連れて行ってくれたのも親父。友達みたいな感じもあります。そう考えると、早く子どもが欲しい」

窓の外に広がる川崎の風景は夕陽に染まっている。また闇に飲み込まれるのだとしても、それはこの瞬間、確かに美しかった。

第 6 話

不況の街を彩る工場地帯のレイヴ・パーティ
——DK SOUND

「DK SOUND」を主催してきた吉野建介（右）と妻の衣恵（左）。

工場の屋上に出現したユートピア

　夜が明けようとしていた。空の色が次第に黒から青へと変わり、闇《やみ》に埋もれていた工場群のシルエットが、型抜きでもするかのように浮かび上がる。めくるめく世界をつくり出していたプロジェクション・マッピングの色味は薄れ、汚れた壁が露《あら》わになる。一方、没入して踊っていたダンサーたちは、現実に引き戻されると共に、周囲にいるたくさんの仲間の存在に改めて気づき、熱気は否応《いやおう》なく高まっていく。そこにいる誰もが笑顔だった。酔い潰《つぶ》れて地べたに転がっている人でさえも。DJはフロアをさらに燃え上がらせるために、トレス・デメンテッドの「デメンテッド（オア・ジャスト・クレイジー）」をミックスする。原始的なパーカッションの上で、狂ったような咆哮《ほうこう》が鳴り響く。目の前にいる女性が緑色に染めたロングヘアを振り乱しながら、天を仰いだ。川崎区臨海部にある工場の屋上で行われていたレイヴ・パーティ、「D

Ｋ　ＳＯＵＮＤ」は、いよいよ、ピークタイムに突入した。

レイヴ主催者の素性

地上二〇〇メートルから見下ろす川崎の街は、両手を広げれば抱え込んでしまえそうだ。左前方に流れる多摩川の奥側、東京都大田区の河川敷は人工的に整えられ、無数のグラウンドが規則正しく配置されている。対して手前側、川崎区の河川敷は草が伸び放題になっている。二〇一五年二月に少年の惨殺《ざんさつ》死体が発見されたのはそのあたりだ。そして、彼が犯人グループに飛び込まされた川に沿って視線を滑らせていくと、顔がゆっくりと右側を向き、東京湾を背にした工場群が目に留まる。この日は曇り空で、煙突から絶え間なく排出される煙が世界を覆《おお》っているかのようだ。工場群の手前には、高速道路が見える。その下には、目視できないが、通称・産業道路が走っているはずだ。それを挟んで後方が、工場で働いていた労働者たちが建てたバラック群がルーツである迷路状の街、池上町。前方がヘイト・デモの標的になった多文化地域・桜本。さらに視線を落とせば、簡易宿泊所が建ち並ぶ日進町や、関東を代表する性風俗街・堀之内町が眺められるし、再び視線を上げれば、「ＤＫ　ＳＯＵＮＤ」の会場を見つけられるかもしれない。

　そんなふうに、ガラスの向こうを飽きもせずに眺めていると、吉野建介が呆《あき》れたように笑った。

「面白い？　この部屋は、住人はほとんど来ないけどね。わざわざ、川崎の街を見たってしょうがないし」

　ここは、建介が住んでいるJR川崎駅前のタワーマンションの、三七階にある展望室。童顔だが今年四一歳（取材当時）になる彼は、川崎区に本社を構える、廃棄物の回収、および処理を手がける会社・日本ダストを含むNDKグループの代表で、一週間後に迫っていた「DK SOUND」の主催者でもある。吉野一家は、〝ゴミ〟という人間の営みから必然的に生み出されるが、みな見て見ぬふりをしているものを通して、川崎という街の移り変わりに寄り添ってきた。そして、建介は「DK SOUND」によって、そこに新たな価値を加えようとしたのだ。

景気で変わる川崎の街

日本ダストの前身・吉野商会は、一九六九年、建介の祖父と父によって設立された。

当時、川崎では廃棄物の回収が許可制となり、ゴミの山を宝の山だと考えた者たちがいた。吉野親子も、もともとは浅草近辺に住んでいたが、「ゴミが儲《もう》かる」という噂《うわさ》を聞いて、フロンティアへと向かったのだという。また、背景には、川崎における鉄鋼業をはじめとした工業の好調ぶりがあった。

「当時、川崎の街の盛り上がりは本当にすごかったらしい」

建介は言う。

「鉄鋼労働者は給料も良かったと思う。もちろん、仕事は大変だっただろうけどね。炉に褌《ふんどし》一枚で入っていって、塩を舐《な》めながら作業をしてたっていうから。で、日本鋼管（現・ＪＦＥスチール）のボーナスの日は、街を挙げての大騒ぎみたいな。川崎市の税金の何割かは日本鋼管が納めていて、彼らが『こうするから』と言ったら、役所は『わかりました』と従うような世界」

そして、景気が良いということは、大量のゴミが出るということでもある。

「最初の頃はまだ回収業者も少ないから、飛び込みで仕事が取れたらしくて。『ゴミ？　ああいいよ、持ってけよ！』みたいな。回収業界にも活気があった」

やがて、時代は未曾有《みぞう》の好景気へと向かう。

「バブルの頃は、カメラなんか、修理するより交換したほうが安いっていうんで、新品同然でもバンバン捨ててたらしい。で、回収業者の中にはそれを横流しするところなんかもあったり。もちろん、ウチはやってないけど、秋葉原に行ったカメラ会社の人が、捨てたはずのものが売られてるのを見つけて問題になったという話を聞いた。シリアルナンバーを調べたら、とある業者に廃棄を頼んだヤツで、『お前んとこ、どうなってんだ⁉』って」

しかし、九一年にはバブル景気が弾《はじ》け、日本は長い不況へと突入。それに伴い、川崎の街も変わり始める。

「鉄が儲からなくなって、鉄鋼業者が廃棄物処理業にも手を伸ばすようになるんだ。ものすごい良い炉を焼却に使うっていうんで、最初、現場の職人は『ゴミを燃やすためのものじゃない』って反発したみたい」

また、二〇〇八年に起こったアメリカ発の金融危機、いわゆるリーマン・ショックの波は極東の労働者の街にも押し寄せた。

「あの頃には僕も会社を継いでたんで、景気の悪さを実感したね。まずは、大手の企業に影響が出て、その後、ウチみたいな下のほうまでしわ寄せが来た。工場が生産調整をして、ゴミを出さないようにするからね。週一回、回収しに行ってたのが、月一回になって、ドライバー全員分の仕事が入らないんで、常に何人かは休ませるというありさまだった」

その影響は不良少年にまで及ぶ。第2話で、ヤクザのシノギが減り、上納金の取り立てが中学生だったBAD HOPのメンバーたちに回ってきたという話があったが、それがちょうどこの頃だ。そして、川崎を襲った不況はいまだに尾を引いている。

「その後、東日本大震災もあったし。今もリーマン・ショック以前の状態には戻ってない。取引先の人たちに話を聞いても、みんな、同じだね。アベノミクス効果？　ないない。あれの効果、感じてる人なんていないの？」

パーティとヘイト・デモ

建介がNDKグループの代表に就任したのは二〇〇二年のことだ。一方で、ダンス・ミュージックを愛好していた彼は、友人のDJ＝K404とレイヴ・パーティをやろうという話になったときに思い浮かんだのが自社工場の屋上だった。

「普通、レイヴって山とか森とか自然の中でやるわけだけど、その真逆の環境というのが面白いと思ったんだよね。〝デトロイト・テクノ〟のイメージに重ねるようなところもあった」

同ジャンルは、一九八〇年代半ば、アメリカを代表する工業都市だったものの、不況によって廃墟《はいきょ》だらけになってしまったミシガン州の街＝デトロイトから生まれ、世界を席巻《せっけん》したダンス・ミュージックだ。あるいは、建介は同じように停滞していた川崎から、何か新しいものが生み出せないだろうかと考えたのかもしれない。そして、二〇〇三年、〝レイヴ〟などという言葉を知らないだろう両親には、「BBQパーティをやるから」と話を通した上で、K404のユニット＝TRAKS BOYSをレジデント（主宰者）とする、「DK SOUND」は始まった。

「DK SOUND」に足を運ぶのは、当初、建介やTRAKS BOYSの友人だったが、その噂は面白そうなパーティには目がない遊び人たちの間ですぐ広まっていく。現在はイベントのスタッフを務め、個人としてもDJやトラック・メイキングを行い、日本におけるテクノの第一人者であるDJ TASAKAのアルバム『UpRight』にはシンガーとして参加している衣恵《きぬえ》は、〇六年に同イベントを初めて訪れた際のことを懐《なつ》かしそうに振り返る。

「最初に遊びに行ったのは、大学のDJサークルの友達がTRAKS BOYSのミックスCDを聴いていて、『いいね』って言ったら、『今度、川崎の工場の屋上でパーティをやるらしいよ』って教えてもらったのがきっかけですね。そんなの、絶対、ヤバい（面白い）じゃないですか」

そして、意気揚々と乗り込んだ衣恵は、まずは出ばなをくじかれる。

「最初、適当な場所に車を停めようとしたら、スタッフの人に『このへん、トラックの運転手さんが車の中で仮眠を取ってるんで、路上駐車をして騒がないで』って注意されて。今思えばそれが建介さんなんですけど、『レイヴをやっててトラックの運転手さんの心配をしてる人なんて初めて見た。真面目《まじめ》な人がやってるんだなぁ』って感じでしたね」

ただ、その後、彼女はダンスとロケーションをたっぷり楽しんだようだ。

「そこで、生まれて初めて流れ星を見たんですね。しかも、五つも。感動して、ちょっとスピっちゃって。『良いパーティだな、手伝いとかしたいな』と思ったんです」

川崎で流れ星を見るという不釣り合いだが素敵な出来事は、ある意味、示唆《しさ》的だったのかもしれない。やがて、衣恵はスタッフとなり、建介と結婚、川崎に移住する。

横浜市港北区日吉《ひよし》の中でも長閑《のどか》な地区出身の彼女は、もともと、川崎区には良い意味で都会的な印象を持っていたが、いざ住み始めると別の顔を見ることになったという。

「朝、通勤するときに、酔い潰れて倒れてる人が何人もいたり、夜、帰宅するときに、車道の真ん中で二〇人ぐらいが殴り合いの喧嘩《けんか》をしてたり。こういう土地柄だったんだ……って。一二年に元・オウム真理教の菊地直子が捕まったときも、ちょっと前まで潜伏してた場所が、私たちが住んでるマンションのすぐ近くだったたって報道されて驚きましたね」

それでも、衣恵は川崎に、次第に愛着を感じていく。

「ガラは悪いけど、歩いてるとオバちゃんが『シャツ、めくれてるよ！』って直してくれたりとか、車椅子《くるまいす》のオジさんが足の不自由な野良猫《のらねこ》をかわいがってたりとか、人情味もあるんですよ」

また、彼女は、川崎の街中で行われるヘイト・デモに対して、カウンターとして抗議の声を上げている。

「私は外国の人が多い川崎が、国際都市って感じで好きだったんですね。だから、排外デモがあると聞いて、『ふざけんなよ、何様だよ』って。でも、おかげで地元の団結力を知りました。ヘイト・デモが起こってるほかの街と比べても、川崎は特に強いと思う」

川崎のネガティヴなイメージを反転させるカルチャー

一方、「DK SOUND」に遊びに来ていた川崎区出身の女性は、地元に愛憎入り混じる想《おも》いを感じてきたと、酔いも手伝って熱っぽく語ってくれた。

「ずっと、川崎が嫌だったんです。不良が多い地元の中学に上がりたくなかったのもあって、勉強して東京の私立に行きました。川崎駅のパン屋でバイトしてたときなんか、ホームレスのオジさんが、お金を払う前からパンをむしゃむしゃ食べ始めて……泣きべそをかいて『やめてください』って言いながら、『やっぱり、早くこの街を出よう』って決意しましたね」

そんな彼女は現在、東京に住んでいるが、「DK SOUND」の前に川崎のブラジル料理店に寄ってきたという。

「川崎って意外とおいしいゴハン屋さんが多いんですよ。離れたことで、川崎がちょっと好きになりましたね。今は改めてこの街の良さを探してる感じ」

あるいは、「DK SOUND」には、川崎のウィーク・ポイントをむしろ活用しようという、ダーク・ツーリズム的な発想があったといえるのかもしれない。そこでは、公害の街の象徴として扱われてきた工場群は、非日常的な感覚を味わうことができるテーマパークとなっている。建介は言う。

「あのロケーションには、いわゆるディストピアっぽさがあると思うんだよね。火がごうごうと吹き上がっていて、『ブレードランナー』みたいっていうか。当初、お客さんは川崎以外から来る人がほとんどだったし、彼らにとってそういうロケーションは、ダンス・ミュージックと相まって、楽しめるものになっていたと思う」

ただ、ひと晩だけを過ごす客にとっては非日常でも、主催者にとっては日常である。かつては客だった衣恵も、今や立派な川崎の住人になったと語る。

「立ち入り禁止のところで、行儀の悪いお客さんが立ちションしようとしてるのなんかを見つけると、『おい、やめろよ！』みたいな感じにはなりますよね。いつの間にか、大切な場所になっていたということなのかもしれない」

また、イベントが続く中で、「DK SOUND」を〝大切な場所〟だと思う〝客〟も増えていった。

「明け方、以前は独身だったお客さんが子どもを連れて来たりして。そういう姿を見ると、時間の流れを感じますね」

建介は川崎駅前のタワーマンションにある自宅のリヴィングで、グラスにウォータサーバーから水を注ぎつつしみじみと言う。

「川崎自体が変わってきたようなところもあると思うんだよ。もちろん、今だっていろんな事件は起こってるけど、昔はもっと暗かった。〝川崎〟って言うと、返ってくるのは『ああ、ヤクザの街でしょ?』とか〝公害〟とか、ネガティヴなイメージばっかり。でも、BAD HOPみたいに、ここ何年かでそういう環境をポジティヴに反転させるものが出てくるようになって。〈川崎区堀之内町のスケート・ショップ〉〈ゴールドフィッシュ〉とか〈同区貝塚のカフェ〉〈ムース・コーヒー〉とか、シャレた、いい感じのお店も増えたし」

そんな中、「DK SOUND」は二〇一六年四月の開催で一旦《いったん》幕を閉じる。

「とりあえず、一〇年は続けたからね。工場の屋上でパーティを開催するっていう、それまで誰も試みてこなかったことをやって、形にする目標は達成した。キャパシティとしても今がマックスだし、一番いい時にやめたいなって」

しかし、このレイヴ・パーティが、例えば駅前のハロウィン・パレードのような煌《きら》びやかなイベントの裏側で川崎独自の文化を築き上げてきたことは間違いないだろう。

「そうだといいな。『VICE』のBAD HOPのドキュメンタリーを観《み》てたら、彼らが産業道路沿いで『ここが、日本で一番空気の悪いところで〜』とか言ってる後ろを、ウチの会社の車がブーンって通り過ぎていって、申し訳ない気持ちになったけど」

そう苦笑する建介は、すでに「DK SOUND」に続く企画を練っているという。スモッグを切り裂く流れ星が、止まることはないだろう。

第７話

スケーターの滑走が描く もうひとつの世界
――ゴールドフィッシュ

堀之内町のちょうど入り口でスケート・ショップ〈ゴールドフィッシュ〉を営む大富寛。

真夜中の川崎駅前で

最終電車が去ると、JR川崎駅周辺にはもうひとつの世界が立ち上がる。ついさっきまで帰宅者でごった返していた東口は静まり返り、地下道の入り口は路上生活者たちのベッドルームと化す。隣接したショッピング・センターのショーウィンドウの前ではダンサーたちが練習に励み、テラスへと続く階段では多国籍の宴会が開催中だ。彼らはまるで昼間の世界では使い道が決めつけられた場所を、夜の暗闇《くらやみ》に紛れて思い思いに活用しているかのようだった。

しかし、そのようなアジールを疎《うと》ましく思う人間もいるようで、弁当入りのビニール袋をぶら下げたスーツ姿の中年男性は、缶ビールを呷《あお》る南アジア系の若者に一瞥《いちべつ》をくれ、舌打ちをして階段を上っていったが、テラスに出たところでふと足を止めた。

コォォォォォォォォォン。

背後からアスファルトを削るような音が聞こえてくる。男性が訝《いぶか》しげに振り返ると、その瞬間。脇《わき》をものすごいスピードで、スケートボードに乗った若者が通り過ぎる。啞然《あぜん》としていると、続けざまにもう一台。今度はヴィデオ・カメラを片手に持っている。すでに遥《はる》か先にいる先頭の若者は、巨大な縁石をオーリーでもって軽々と飛び越え、さらに、次の縁石の端に飛び乗った。しかし、デッキでスライドしようと試みたところでバランスを崩し、派手に転倒。

「あーーーーー、ちくしょう！」

彼が痛みと悔しさをはらすように、真っ暗な空に向かって叫んでいると、もうひとりが滑り込んできた。

「惜しい惜しい！　もう一回、やってみよう」

そこは、人の目を盗んで真夜中にだけ姿を現す、幻のスケートパークだ。

地元の人々にも親しまれる、ソープランド街のショップ

やがて、太陽が昇り、再び日常が始まった。しかし、昼過ぎになっても駅前の繁華街はまどろみの中にあって、関東を代表する性風俗地帯・堀之内にも、なんとものど

かな雰囲気が漂う。そのちょうど入り口に店を構えるスケート・ショップ〈ゴールドフィッシュ〉の前では、店主の大富寛《おおとみひろし》が日差しを浴びながら古ぼけた自転車をいじっていた。

「はい、直りましたよ」

彼がエプロンで手を拭《ぬぐ》いつつ、カラフルなスケートボードやピストバイクが並べられた店内に向かって言うと、椅子《いす》に座っていた老人が立ち上がった。

「ありがとうね。お代は？」

「簡単だったから、今日はいいですよ。また、空気入れにでも来てくださいね」

老人は自転車にまたがり、ソープランドの看板が建ち並ぶ通りをヨロヨロと進む。それを、早番なのだろうか、派手な恰好《かっこう》をした女性が追い抜いていく。

「ウチは近所の人に自転車の修理屋さんだと思われてますからね」

大富は瓶のコーラを飲みながら笑う。この店に集うスケーターや地元の人々に〝ゴボ〟の愛称で親しまれている彼のリラックスした姿は、深夜、スケート・ヴィデオの制作のために格闘していたときの真剣さとは真逆のようだったが、表情からは若いスケーターを励ます際と同じ優しさがにじみ出ていた。

川崎スケートボード・シーンの黄金時代

一九七八年に生まれた大富は、川崎駅西口側の閑静な住宅街、幸区南幸町で育った。子どもの頃、親には「治安が悪いから駅の反対側に行ってはいけない」と言われていたが、浜町のセメント通りにあったおもちゃ屋のミニ四駆のコースで遊びたくて、目を盗んではこっそり向かったという。自転車で片道二〇分の距離は子どもにとってちょっとした冒険だった。そして、彼の世界はもうひとつの足を得ることでさらに広がることになる。

大富の家族は、毎年、正月になると決まってスキー旅行に出かけた。中学一年生の頃にはスノーボードが流行。姉に「あんた、これやったらモテるんじゃないの」とそそのかされた大富は、練習のためにまずはスケートボードを始める。当初、川崎にはショップがなかったため、少年は靴下の中に札を隠して原宿まで足を運んだ。それが、川崎駅前のファッションビル、川崎ルフロンにあった〈ムラサキスポーツ〉がスケートボードを取扱うようになり、彼はこの文化に一気にのめり込む。

「ムラサキに通ったり、友達と滑りに行ったりするうちに、徐々に川崎のスケート・

シーンを把握していきました。あっちではあの人たちが滑ってる、こっちではあの人たちが滑ってるというふうに。で、その中でも、特に『ヤバい！』と思ったクルーがあって」

それが、〝駅の反対側〟――川崎区を拠点とする〈３４４《スリー・フォーティ・フォー》〉だ。

「３４４は、年上の人たちのクルーで、当時、すでに川崎で名を馳《は》せてたし、僕なんかは格が違いすぎてしゃべりかけられなかった。中でもハル君（関口晴弘）はヒーロー」

大富と仲間たちは西口側にある複合ビル、ソリッドスクエアの前で滑っていたが、時折、そこに東口側のスケーターたちがやってくることがあった。

「３４４が登場すると、僕らガキどもは、『うわ、ヤバい！』って感じで興奮してましたね。で、彼らがヒールフリップとか、当時はまだ知らなかった技をやってるのをじっと観《み》て、帰った後、『かかとで回してたよな？』ってみんなで再現し合ったり。今思うと、３４４もアメリカのスケート・ヴィデオを観て真似《まね》していて、その情報が彼らを通して川崎の子どもにまで広まったという感じだと思うんです」

しかし、大富たちは３４４の視界にすら入っていなかった。

「ハル君たちには〝みそスケーター〟って呼ばれていて。『オレたちが滑ってるときに、座って観てるから〝おみそ〟(半人前)だ』って。『くっそー』と悔しがりながら、認められるには上手《うま》くなるしかないと練習しまくりましたね。あの人たちの輪の中に入りたい、その一心でした」

また、344には、川崎区大島に〝事務所〟と呼ばれる溜《た》まり場があり、大富は勇気を振り絞ってそのドアをノックした。

「そうすると、超おっかなそうな先輩が出てきて。『今日、スケボー行かないんですか?』って聞くと、大抵、『まだ行かない』ってぶっきらぼうに言われるんだけど、中で待たせてもらえた」

事務所では、シューズやマンガで雑然とした中、344のメンバーたちがスケートボードのヴィデオに見入っていた。

「僕は彼らの会話に聞き耳を立てて、端々まで覚えて、帰ったら友達に『あの技はこうやってやるんだぜ』『あのスケーターはこういうヤツらしいぜ』って知ったかぶりして。子どもにとっての聖地でしたね」

彼は懐《なつ》かしそうに笑う。

「でも、実はそこはハル君の実家〈スーパーみよしや〉の事務所で、344という名前は〝みよし〟から取ったと知ったときはガクッとなりました」

大富は連日、時が経《た》つのも忘れてスケートボードに打ち込んだ。気づくと、門限の一九時を回っていることもしばしばだった。

「毎日のように怒られてましたね。そのうち、夕飯を食べに帰って、二〇時くらいに『寝る』と言って、自分の部屋に行くふりをして裏口から出て滑りに行くっていうふうになって」

ただ、彼はスケートボードによって、川崎のユース・カルチャーのメインである不良の世界へ取り込まれずに済んだのだという。

「公園の前を通ったら、不良の先輩がたまっていて、『おい、こっち来いよ』って言われるんですけど、行ったら『オーリーやれよ』って。それでやってみせたら、『おー、すげえな』と感心されて解放されるみたいな。今考えると、不良の人たちはスケーターをオルタナティヴな存在というか、新しくて面白いことをするヤツらだと思って、一目置いていた節がありますね。おかげで、カンパとかも回ってこなかった」

当時の大富の夢は３４４制作のヴィデオに出演することだった。それは、すなわち、クルーの一員として認められることを意味した。

「３４４はみんなが撮ってきた映像をまとめて、ムラサキで売ってたんです。みそスケーターはその他大勢として一瞬登場するぐらいなんですけど、ハル君とかは、当然、自分だけのパートがあるんですね。で、僕は中三ぐらいになるとぶっちゃけすごく上手くなってたんで、新しいヴィデオを制作するとなったときに、『コボはもうパートをつくるしかねぇな』と言ってもらえた。『それって、344入りってこと⁉』ってテンションが上がりましたね」

そのときのうれしさは、今でも忘れられないという。

「その後、有名なブランドも含めていろいろなスポンサーが付きましたけど、これまでのキャリアで一番うれしかったのは、344に入れたことですよ。あんなにカッコいい人たちに認められるなんて、そんな最高なことはない。玄関を開けた瞬間、親に向かって叫びましたもん。『いつも話してるハル君いるじゃん？　そのハル君のチームに入れた！……っぽいんだよ』って。正式な加入の手続きとかないんで、はっきりとはわからないんですよ」

ちなみに、当時、344のメンバーたちにかわいがられていた、大富よりさらに若いスケーターがいたという。

「あっちゃんっていうんですけど、地元が川中島で、ハル君たちと近いから弟っぽい感じでしたね。344の人たちとは緊張してなかなかしゃべれなかったけど、彼は年下だから気楽で、『一緒に滑ろうよ』と言っていろんなところに行きました」

一方で、大富と〝あっちゃん〟はライバルでもあった。ルフロンの屋上でスケートボードの大会が開催された際、予選を一位で勝ち抜いた大富を本戦で下して優勝したのが彼だ。

「あっちゃんはとにかく大事なところでハズさないんですよ。そのときは、川崎で初めての大会っていうことで、地元のスケーターはみんな出場するし、地元の子どもたちが大勢観に来るし、ここでカッコつけるしかないって感じだったんで、負けたのは悔しかった」

優勝した〝あっちゃん〟は、後にラップ・グループ＝SCARSのリーダー、A－THUGとして川崎のアウトローの物語を世に伝えることになる。一方、同大会が川崎スケートボード・シーンの最初のピークだった。

川崎スケートボード・シーンの冬の時代

一九九〇年代半ば、日本ではクラブ・ミュージックのブームが起こった。スーパー高校生と呼ばれたインフルエンサーたちはこぞってDJを始め、それまでは知る人ぞ知る存在だったラッパーたちにスポットライトが当たる。また、川崎駅前のライヴホール〈クラブチッタ〉では、毎週末のようにヒップホップのイベントが開催。同地の若者たちのライフスタイルも変化する。

「ムラサキの店員さんたちがＤＪを始めて、それに引っ張られるようにスケーターの子たちもヒップホップに流れていった。あっちゃんがダンスにのめり込んだのもその頃じゃないかな。免許が取れる年齢になって、バイクにハマったヤツも多かったですね。僕もご多分に漏れずＤＪを始めたんですけど、並行してスケートボードも続けていて」

しかし、以前は待ち合わせなくてもスポットに行けば会えたスケーターたちは、次第に姿を現さなくなっていった。

「まず、同世代の友達がやめてしまって。で、しばらくは３４４の人たちと滑ってたんですけど、彼らも大人になって働き始めたことでスケートボードから遠ざかり、いよいよ、冬の時代が来る」

やがて、寒々しい雰囲気の中、大富の思いはむしろ熱くなった。

「スケートボードはみんなで滑るから楽しいんですよ。『今のトリック、ヤバいね！』って刺激を受けることで、『オレのも見てよ！』ってやる気が出る。でも、誰もいないんだったら発想を変えて、自分と闘うというか、楽しむよりも結果を出すためにやろうと」

彼はスケーターとして名を上げ、様々なスポンサードを受けるようになるが、二〇〇五年、転機が訪れる。

その日、大富は朝から雑誌の撮影を行う予定だったものの、前夜は雨が降っており、撮影は中止になるだろうと見越した彼はクラブに遊びに出かける。ところが、早朝、編集者から「締め切りが迫っているので、撮影を決行する」という連絡が入る。睡眠不足と二日酔いの体を引きずって現場に着くと、相変わらず雨が降りしきる中、トリックに使う縁石の前で編集者が待ち構えていた。

「簡単な技ですし、僕が縁石をタオルで拭《ふ》くのでさっさとやっちゃいましょう」

そう言われ、仕方がなく滑り始めた大富だが、天候と体調のコンディションが悪いことが祟《たた》って、何度目かの挑戦の際に転倒。そして、縁石の角が目の上を直撃した。水たまりが真っ赤に染まる。

「『うっわ、いってぇ！』って目を押さえて、開けたら、視界が真っ黄色だったんです。『あ、これ失明したわ、終わったー』と思いましたね」

病院に急行した彼は、結局、視力障害は免れたが、手術が終わるまでの三時間ほどは人生を考え直すには充分な時間だった。

「そのとき、僕は保険証すら持ってなかったんですね。ずっとスケボーにかかりきりで、生活を疎《おろそ》かにしていた。一方で、雑誌にいっぱい出て、名前も知られるようになって、ある程度、満たされたようなところもあったのかもしれない。退院後はスケボーと距離を置くようになってしまいました」

それから、数年、大富は活動をDJに絞り、ｃｂｔｅｋ！（コボテック）の名義はクラブ・シーンでも知られていく。一方で、仕事ではなく、遊びとしてスケートボードに乗るようになった彼は、あらためて、自分にとってこの文化が大切であると感じたという。そして、一〇年、大富は〈ゴールドフィッシュ〉をオープンする。しかし、当時の川崎のスケートボード・シーンはいわば焼け野原のようになっていた。

「若いスケーターの子たちもいるにはいるんですけど、３４４がやめて、僕がやめて、流れが途絶えちゃってたんで……僕が３４４の滑りを観て学んだようなことができていない」

大富のブランクは五年。若者にとって五年というと、ひと昔前のことだ。

「その間にやり始めた子は、そもそも、僕のことを知らないんですよ。だから、まずは、だんだんと関係をつくっていって」

また、大富はその過程で、〝元〟３４４の関口にも声をかける。

「その頃、ハル君もスケボーをやめてだいぶたってたんですけど、一年ぐらいかけて口説き落として。彼は僕にとってのスターなんで、もう一度、やってほしいっていうのもありましたし、若い子たちにとっても、あの世代がまだ続けてるのっていいプレッシャーになると思うんですよね。撮影のたびに『お前、オレの歳《とし》知ってる？　四〇歳にこんなことさせんなよ』って文句言われますが」

それは、大富による川崎スケートボード・シーンのルネサンスであり、新たな世界の創造でもあった。

社会のしがらみとは無縁なスケートボードパーク

「おーーーーー、ヤバい！」

大人しそうな若者がキャバレリアルを決めると、どっと歓声がわいた。一対一でトリックを見せ合うゲームをやっているのは、大富と、日系ブラジル人のマルセル。後者は父親が沖縄生まれの日系二世で、ブラジルの南部・パラナから出稼ぎのために来日し、まずは名古屋で働いた後、川崎に越してきたという。左腕は日本で入れた刺青《いれずみ》で埋め尽くされているが、仕事場の工場では長袖《ながそで》で隠すから問題ないと笑う。そして、休日はTシャツを着てスケートボードに乗る。

二人の対戦を囲んでいるオーディエンスには、ベテランの関口もいれば、彼の子どもより若い中学生もいるし、地元が川崎の者もいれば、橋を渡って大田区や鶴見区からやって来た者、あるいは、ゴールドフィッシュの所属ライダーになるために愛媛県松山市から越してきた者もいる。マルセルは日本語をほとんどしゃべることができないものの、スケートボードという共通言語を通してみんなと会話をしている。頭上の高速道路の合間から降り注ぐ夏の日差しが、足元の白いアスファルトに反射する中で繰り広げられるその光景は、どこか白昼夢のように感じられた。川崎の不良にとって重要な縄張りも、世間が気にする国籍も年齢も関係のない世界。

「ドゥ・ユー・ライク・カワサキ?」

マルセルに下手な英語で尋ねると、彼も片言の日本語で答える。

「ライク、ライク、ライク!　スケボー・パーク、メッチャイイネ」

そこは〈大師河原公園スケートボードパーク〉といって、大富をはじめとした有志が地元議員へロビーイングを行い、一四年に開設されるに至った川崎初の公営パークだ。そして、その経緯や、ゴールドフィッシュが〝街の自転車屋さん〟としても親しまれている様子からは、大富がもともとアウトローだったスケートボード・カルチャーを、川崎の地域コミュニティへ根づかせつつあることを感じる。

しかし、それは、同文化のエッジが失われることを意味しない。大富がデザインにかかわったスケートボードパークのセクション（障害物）が、街中の縁石や坂道に近い、無骨なつくりになっている事実が伝える通り、彼にとってはあくまでもストリートで滑るというアウトローな行為こそがスケートボードの本質だし、むしろ、大富は同文化によって、社会からはみ出した者を受け止めようと考えているのではないだろうか。

スケートボードパークで、「Ｃｏｍｐｔｏｎ」とオールド・イングリッシュで書かれたＴシャツを着た若者に「いいＴシャツだね」と声をかけると、彼は「最近、『ストレイト・アウタ・コンプトン』を観たんですけど、川崎ってコンプトン（＊１）みたいじゃないですか」と答え、ランプ（坂状のセクション）に向かって滑りだした。その様子を眺めながら大富は言う。

「彼は高校三年生でゴールドフィッシュの常連なんですけど、お父さんは僕と同じ中学校の五歳ぐらい上の人で。お母さんは隣の中学校の同級生で。卒業がかかっている時期、お父さんが店に来て、『あいつ、入り浸ってないですか？』と聞いて帰った一〇分後に、今度はあいつが遊びに来たこともあった。で、仕方なく、『お前、勉強しとけよ、卒業さえすればごまかしてやるからさ』と言って、仲介をやらされるはめになったんですよ」

年を重ねて、ストリートの先生の役割も務めるようになったのか？　と尋ねると、大富は苦笑した。

「いやぁ、だいぶ子ども寄りですけどね」

あるいは、彼は川崎のキャッチャー・イン・ザ・ライなのかもしれない。

「ドロップアウトしたヤツも周りにはいます。川崎はそういう街です。そこで、僕が普通に生活できてるとしたら、やっぱりスケボーが好きだからだと思う。例えば、ドラッグをやってたら滑れないわけだし。最近、またほかの若い子が悪さを覚えて、スケボーをやめちゃって。そういうのは悲しいけど、僕にできるのは、結局、『悪さよりこっちのほうが楽しいじゃん』ってスケボーの魅力を伝えることだけですね」

さらに、大富に「川崎のスケートボード・シーンの特徴は？」と質問すると、彼は「難しいこと聞くなぁ」としばらく考え込んだ後でこう答えた。

「自分たちが住んでる街でやれることなんて限られてるじゃないですか。新しいビルがどんどん建つわけじゃないし、ストリートで滑る際のスポットも昔からあるものを使うしかない。そういう中で、レコードを塗り替えていくのが楽しい。ハル君の世代も僕らの世代も飛べなかったステア（階段）で、ある日、新しい世代がメイク（技を成功）する。その光景を見るのは、同じ土地で長くやってることの醍醐味《だいごみ》ですよね」
それは、路上で積み重ねられていく、川崎のもうひとつの歴史である。

［註］
＊1―コンプトン……貧困問題と治安の悪さで知られる、アメリカ・カリフォルニア州南部の街。『ストレイト・アウタ・コンプトン』は同地から登場したラップ・グループ、N.W.A.の伝記映画（F・ゲイリー・グレイ監督、二〇一五年）。

夜のとばりが下りると、川崎区の堀之内は妖しい光を放つ。

川崎区の仲見世通にあるバーで挑発的に踊るゴーゴー・ダンサーたち。

BAD HOPを率いる双子の兄弟、T-Pablow（右）とYZERR（左）は、
2WINというユニットでも活動する。

2016年末、クラブチッタでワンマン・ライヴを行ったBAD HOP。

〝ドヤ街〟として知られる川崎区日進町の簡易宿泊所。

昼間の川崎競輪場にいる観客は年老いた男性ばかり。

川崎競輪場で紫煙をくゆらす、フォーク・シンガーの友川カズキ。

ダンス・チームのKING OF SWAGを率いるDee（右）と、その弟であるYusei（左）。

全身をタトゥーで埋め尽くしたラッパーの K-YO。

DRÜGS

2016年4月の出所後、中原区・元住吉のバーでライヴをしたラッパーのA-THUG。
その周りにはDJ TY-KOHやDJ SPACEKID、K-YO、YOUNG HASTLEの姿も。

2021年1月に急逝したSCARSのラッパーSTICKY。

INTERLUDE

——川崎《リバーズ・エッジ》、あるいは対岸のリアリティ

あたし達の住んでいる街には
河が流れていて
それはもう河口にほど近く
広くゆっくりよどみ、臭い

河原のある地上げされたままの場所には
セイタカアワダチソウが
おいしげっていて
よくネコの死骸《しがい》が転がっていたりする

〝River's Edge（川縁《かわべり》）〟――そんな長閑《のどか》な題名を付けられたコミック・ブックは、しかし、以上のような不穏なモノローグで始まる。今からもう二五年以上も前になる一九九四年六月に単行本が発売された岡崎京子の『リバーズ・エッジ』（宝島社）は、彼女の代表作のひとつで、同作について後に劇作家・宮沢章夫は「九五年を予兆している」（二〇一五年刊行のオリジナル復刻版解説より）と評した。

一九九五年というのは、つまり、戦後五〇年にあたる年であり、安定成長期に確立された日本の安全神話が、阪神・淡路大震災と地下鉄サリン事件によって崩壊した年であり、しばしば、日本社会の、悪い意味での転換点として位置づけられてきた年だ。実際、『リバーズ・エッジ』の基調となっているのも、一種の嫌な予感のようなムードである。

川崎中一殺害事件で思い出された物語

物語の舞台となっているのは冒頭のモノローグで説明されているように、東京郊外の川沿いの街。主人公の若草ハルナは、美少年・山田一郎が不良にいじめられているところを助け、彼の〝秘密の宝物〟を見せてもらうことになる。ところが、山田が河川敷の草藪《くさやぶ》の中で「これが僕の宝物だよ」と指し示したのは、身元不明の腐乱死体だった。

二〇一五年二月に川崎区の多摩川河川敷で少年の遺体が発見された、いわゆる川崎中一殺害事件発覚の際、SNSで「『リバーズ・エッジ』を思い出した」というような書き込みをいくつも見かけた。確かに、河川敷というロケーションが同じだっただけでなく、そもそも、〝River's Edge〟は〝川崎〟とも訳せるわけで（〝崎〟には〝突き出した土地＝Edge〟という意味がある）、作中、川の周囲にはマンションと共に重工業地帯が描かれていたことからも、川崎区が舞台のモデルの、少なくともひとつではあったのだと考えられる。もちろん、川崎中一殺害事件の被害者と加害者は『リバーズ・エッジ』が発表されて以降に生まれているし、おそらく作品を読んだこともないだろうが、若者たちの鬱屈《うっくつ》した心情が陰惨なクライマックスを呼び寄せる物語と、現実の事件に共通したものを感じた人が多かったのではないか。

河川敷で起きた事件は対岸の火事か

もしくは、作中の「ねぇ今度　品川の水族館行かない？」「最近ウチのガッコ（引用者註：学校）スゲエことばっか起こるじゃん　あれってさぁ実は　ウチのガッコが江戸時代の処刑場だったからなんだって〰〰〰」といったセリフから推測するに、作者は舞台のモデルとして、しながわ水族館や鈴ヶ森刑場遺跡のある品川区の臨海部から、多摩川越しに工場を望むことができる大田区南部あたりまでのエリアを想定していたのかもしれない。つまり、『リバーズ・エッジ』は、川崎中一殺害事件の対岸の物語としても解釈できるのではないか。

そういえば、実際に事件現場の河川敷を訪れたときに印象に残ったのが、向こう岸の大田区側にマンションが建ち並んでいたことだ。そこからは、現場がよく見えるはずだが、住人たちにとって事件は対岸の火事のようなものだったのだろうか。それとも、自分たちの生活に問題が飛び火しつつあるように感じたのだろうか。

また、事件現場で対岸を眺める視線をぐるりと後ろに向けてみれば、巨大なタワーマンションが、少年が惨殺《ざんさつ》され、放置された場所を見下ろしていることに、そのあまりの近さに驚くはずだ。しかし、同じ岸にいるにもかかわらず、芝生が綺麗《きれい》に整えられたマンションの敷地と、雑草が伸び放題になった河川敷との間には、深く、暗い川が流れているように思えてならない。

川崎の貧困や差別は現代日本が隠蔽《いんぺい》する問題

〝川崎〟と題したこのルポルタージュのための取材は二〇一五年の夏に始まった。筆者は世田谷区のちょうど真ん中あたりに住んでいるのだが、以来、週に数回は多摩川を越え、川崎区へと足を運ぶこととなった。発端は、これまで何度も書いてきたように、同年に起きたいくつかの事件だった。二月の中一殺害事件の衝撃も覚めやらぬ五月一七日深夜には、JR川崎駅東口側の簡易宿泊所で火災が発生、一一人が死亡する惨事となり、利用者の多くが高齢の生活保護受給者であったことも注目を集めた。九月には、西口側の有料老人ホームで入居者に対する窃盗や暴行が行われていたばかりか、三人の入居者が不審死を遂げていたことが広く報道され始めた。

また、中一殺害事件の容疑者グループの中に、ミックスの少年がいたため、区内では、外国人住民の排外を主張するヘイト・デモがエスカレートしていった。そして、それらの事件の背景には、貧困や差別があるわけで、つまり、川崎の街を舞台として、現代の日本が隠蔽する問題を描けないかと構想したのだ。だが、連載開始当初にまま見受けられたのは、「川崎の悪い面ばかりを強調しすぎだ」という批判だった。

スラム・ツーリズムの下世話な視線

スラム・ツーリズムという観光形態がある。日本では、哲学者の東浩紀《あずまひろき》が提唱した「福島第一原発観光地化計画」（一二年〜）によって知られるところとなったダーク・ツーリズムの変種だ。

ただし、ダーク・ツーリズムが、追悼のために、知的好奇心を満たすために、チェルノブイリ原子力発電所や、グラウンド・ゼロといった悲劇の跡地を訪れるものだとしたら、スラム・ツーリズムは、文字通り、スラム＝貧困地域という、現在進行形で人々が生活している場所を訪れるため、たとえ慈善や学習のような目的があったとしても、より倫理的な問題が発生しやすくなる。

そして、川崎区の、外国人労働者が建てたバラック群が元になった池上町や、多文化共生の象徴である桜本を含むいわゆるおおひん地区は、絶えず、そのようなツーリストの視線に晒《さら》されてきた。ネットを検索すれば、同地域を訪れて遠慮なく写真を撮り、下世話な興味を隠そうともしないキャプションを付けたエントリーがいくつも見つかるはずだ。

もちろん、本書にも同様の側面がある。また、それは何も編集部からのオーダーではなく、筆者が心の奥底に抱えているスラム・ツーリズム的な欲望の表出にほかならない。事実、世田谷から川崎に向かうために多摩川を渡るたび、自分が「今日の取材ではどんなヤバいことが起こるのだろうか」と興奮していることに気づくのだ。とはいえ、そのような欲望を一概に否定するわけでもないし、地元の不良少年の中には外部からの下世話な視線を内面化し、アイデンティティを形成している者も多いので、問題は入り組んでいる。それでも、本書がいわゆるスラム・ツーリズムと違うかどうかは、単に見物をして帰っていくのか、それとも、訪れた先のために何かをするのかにかかっているだろう。

岡崎京子が描いた対岸の街

「九五年を予兆している」——つまり、二〇一五年の時点で現在性があると評された『リバーズ・エッジ』は、しかし、今読み直してみると、随分と昔の話のように思える。

例えば、ハルナは夜の学校でロッカーに閉じ込められていた山田を助けた後、二人で橋を渡りながらこう思う。

「きのう読んだ本には　二〇〇〇年に小惑星が激突して　地球の生態系はメチャクチャになると　書いてあった」

「あたし達が24才になる頃だ」

「今日みたTVではオゾン層はこの十七年間で五%から一〇%減少していると言っていた　すでに人間が大気中に放出してしまったフロンの量は一五〇〇万トンに達しこの一〇%にあたる一五〇万トンが成層圏にしみ出し　オゾン層を破壊しているらしい」

「だけどそれがどうした？　実感がわかない　現実感がない」

「こうして山田君と歩いていることも実感がわかない　現実感がない」

一方で、山田は宝物の死体を見せながら言う。

「自分が生きてるのか死んでるのかいつも分からないでいるけど　この死体をみると勇気が出るんだ」

しかし、ハルナは死体を前にしても「実感がわかない」。

「TVや映画で何回も死体はみたことはある　でもそれは生きてる人間が『フリ』をしているだけだ　本物の死体をみるのははじめてだった　でも何か実感がわかない」

やがて、ハルナが、山田がかわいがっていた野良猫《のらねこ》の惨殺死体を見て嘔吐《おうと》してしまうシーンを物語の転換点として、登場人物たちは死へと追い込まれていくが、結局、最後まで生の実感は希薄なままだ。

エピローグはハルナと山田が橋の上から対岸の街を眺めているシーンで、そのような現実との距離感こそが、この時代のリアリティだったということなのだろう。ちなみに、岡崎京子は世田谷区で生まれ育ったそうだ。果たして、彼女は川の向こうの川崎区に対して、どんなイメージを持っていたのだろうか。『リバーズ・エッジ』発表後、岡崎京子は交通事故に遭い、現在まで執筆活動は休止されている。同作が予兆となった一九九五年の二〇年後、川崎中一殺害事件は起きた。

川崎で生きるラッパーや活動家のリアリティ

川崎区で、まさに九五年に生まれた若者によって構成されているラップ・グループ＝BAD HOPは、後輩にあたる件《くだん》の事件の主犯格について、本書第1話で以下のように語っている。

「変わってるヤツ」

「不良にあこがれがあるけど、輪には入ってこられない」

「事件のときも、暴力に慣れてないから、止めどころがわからなかったんだと思う」

その意味で川崎中一殺害事件は、生＝死に対する実感のなさを描いた『リバーズ・エッジ』の延長線上にあるのかもしれない。ただし、過酷な状況から抜け出し、今や地元の不良少年たちに夢を与える存在となったBAD HOPや、ヘイト・デモに対するカウンターにとどまらず、地元議員に対するロビーイング、および地元住民との連帯をもって差別に立ち向かうアクティヴィスト集団のC.R.A.C. KAWASAKIといった、取材を進める中で知り合った現在の川崎における重要なアクターたちは、別種のリアリティを持っている。少なくとも、彼らは「生きている実感がわかない」とは言わない。自分が生き延びることに、仲間を生き延びさせることに死に物狂いになっている。

また、そういったリアリティは、やがて、〝川〟を越え、当たり前のものになっていくだろう。それが、良い時代なのか悪い時代なのかはわからない。ひとつだけはっきりと言えるのは、彼らは時代を良くするために動いているということだ。

対岸の火を消すために

そして、筆者も対岸の火事を取材するため、何度も川を渡るうちに、その火を消す手伝いができないだろうかと考えるようになっていった。スラム・ツーリズムの気分で訪れていた場所は、〝スラム〟や〝多文化地域〟といった記号で捉《とら》えていた場所は、行きつけの店ができたり、友人ができたりすることによって、馴染《なじ》みのある街になり、同時にそこで起きている問題は自分の普段の生活と地続きになっていった。いや、そもそも、こちらとあちらを隔てる〝川〟なんてものは存在しなかったのだ。

もちろん、自分がまずやるべきなのは、書くことだ。ここで取り上げている事件は現実に起こっている話だし、それはほかでもない、あなたの話だと伝えるために。

River's Edge、という物語は続いている。

第 8 話

ハスラーという生き方、ラッパーというあり方
―― A-THUG

2016 年 6 月、出所して間もない時期にライヴを披露したラッパーの A-THUG。

ホームタウンに帰還した男が歌うアンセム

その男が登場したのは、午前〇時を少し過ぎた頃だった。パーティが行われていたのは、川崎市中原区のなんの変哲もない住宅街を歩いているうち、中南米に迷い込んでしまったのかと思うような外観のダイニング・バー。そこに、まだ夜が浅いうちから続々と、首までタトゥーが入った男たちや、着飾った女たちが集まってくる。彼らが木製のドアを押せば、出迎えるのは、ＤＪがかけるラップ・ミュージックと、壁に吊《つ》るされたスウェット・シャツの〝Ｗｅｌｃｏｍｅ ｔｏ ＳＯＵＴＨＳＩＤＥ ＫＡＷＡＳＡＫＩ〟というフレーズ。店内はあっという間にいっぱいになり、テキーラ・グラスが次々と掲げられ、やがて、シャンパンのボトルが回り始める。外ですれ違ったら警戒してしまうようないかつい客ばかりだが、店内は至ってアットホームな雰囲気で満たされている。そして、宴もたけなわになった頃、主役はステージに上がった。

「King of KAWASAKI, A-THUG is Baaaaaaaack!!!!!!!」

そうＤＪに煽《あお》られ、彼は叫ぶ。

「シャバに出てきたぜ！」

マイクの音をかき消すほどの歓声が上がる。ビートが鳴り始める。

SOUTHSIDE KAWASAKI
伊勢町《いせちょう》　川中島　藤崎が始まり
SCARS in da building から building
hustle 止まらない cycle
街中 ダッシュで走る
生き急ぐ ハイペースがマイペース

――ＳＣＡＲＳ「Ｍｙ ｂｌｏｃｋ」より

フロアでは合唱が起こっていた。その曲は、その場にいる人々にとっては間違いなくアンセムだった。そこでは彼らの住む街が描かれ、そこからは彼らの持つリアリティが浮かび上がってくる。二〇一六年六月一〇日深夜、元住吉〈Ｐｏｗｅｒｓ２〉で開催されていた「NUESTRO TERRITORIO」――〝オレたちの縄張り〟を意味するスペイン語を掲げたパーティにいる誰もが、特別な夜だと感じていた。それはそうだろう。ほかでもない、川崎を代表するラッパー、A-THUGが刑期を終え、ホームタウンに戻ってきたのだ。

A-THUGにインスパイアされた地元のラッパーやDJ

ある日の午前中。川崎区を縦断する国道一五号線沿いをマウンテン・バイクで走っていた、堀之内町のスケートボード・ショップ〈ゴールドフィッシュ〉の店長・大富寛は、反対車線の歩道を歩いている男の存在に気づき、ハッとした。それは、投獄されていると聞いていた、彼の幼馴染《おさななじ》みだった。

「あっちゃん、帰ってきたんだ！」

しかし、大富の記憶の中の、一緒にスケートボードをやっていた笑顔がかわいい少年は、すでに地元の若い不良の間ではカリスマとなっていた。不在時も、取材をしていると様々な場所でその〝A-THUG〟という名前を耳にしたものだ。

例えば、川崎区浜町出身のラッパー、LIL MANは獄中のA-THUGと手紙のやり取りをしていたという。

「『お前はこっちサイドに来るな。ちゃんとラップをやれ』って書いてありました。ストリートで生きていこうと思ってたけど、それで、もう一回、音楽をやってみようと思ったんですよね」

ＬＩＬ ＭＡＮがクロスオーヴァー・モデルのベンツを運転しながらそう話してくれたとき、Ａ－ＴＨＵＧの楽曲を流していた彼のｉＰｈｏｎｅに着信があった。

「〝ＦＲＥＥ Ａ－ＴＨＵＧ〟（Ａ－ＴＨＵＧを釈放しろ）って歌ってる曲のヴィデオを撮るから、エキストラで来てよ」

野太い声が車内に響く。

声の主、ＤＪ ＴＹ－ＫＯＨは川崎市中原区出身で、現在の日本のラップ・シーンを代表するＤＪと言っても過言ではない知名度を持っており、Ａ－ＴＨＵＧ、そして、彼のグループであるＳＣＡＲＳのミックスＣＤも手がけている。

「もともと、オレはアメリカのラップに夢中で、日本のラップにはまったく興味がなかったんです。でも、ＳＣＡＲＳのアルバムを聴いたときに、『日本にもこんなにヤバいものがあるんだ⁉』って衝撃を受けて。『しかも、川崎なんだ⁉』っていう。人生を変えられましたね」

川崎の次世代を担《にな》うラップ・グループ、BAD HOPの面々もSCARSに影響を受けたという。A－THUGの出身中学校の後輩にあたるT－Pablowは以下のように振り返る。

「中学生のときに、DVDを観《み》たのがSCARSを知ったきっかけ。そこで、みなさんが川崎の街を案内してたんですけど、絶対、地元の人しか通らない裏道を歩いていて。当時、川崎でラップをしてる人を知らなかったから、『やっぱり、いるんだ！』って感じでうれしかったですね。ただ、年齢は一五歳ぐらい上ですし、交流はなくて、伝説の先輩みたいな存在だった」

しかし、彼はある日、伝説の実体と遭遇することになる。

「その少し後、夜中に外出したら、いくら川崎でもこんなに見たことないっていうぐらい警察がいたことがあった。慌《あわ》てて駐車場に隠れたら、暗闇《くらやみ》から手招きされて。『おい、警察すごかったか？』『はい』『あれ、オレを追ってるんだよ。お前は大丈夫だから注意を引いとけ』『わかりました』――そんな会話をしたのが、A－THUGさんだったんです」

スケーターだった少年がNYに渡った動機

「晴れて自由になりました」

Ａ‐ＴＨＵＧはサングリアを呷《あお》り、微笑《ほほえ》んだ。彼が川崎から一〇〇〇キロ離れた日本最北端の刑務所、網走《あばしり》刑務所を出てもう二カ月近くが経《た》っていた。

「その後、五〇日、仮釈放の期間があったんです。で、身元引受人が必要だったんだけど、家族はいないし、知り合いには頼りたくなかったから、更生保護施設に入って。ようやくその期間も終わった」

ただ、そう話す表情はどこか晴れない。

「何かまだやる気が出ないというか、ケツが重い。電話一本で指示すれば生きていけるものの、それに甘えてちゃダメですね。自分自身をターンアップさせて、音楽をつくっていかないと。やっぱり、オレはラッパーなんで」

ここはＪＲ川崎駅前の鳥料理専門店。彼と同じ酒を頼んだが、その味は甘くて、同時にほろ苦かった。

Ａ‐ＴＨＵＧは、一九八〇年に生まれた。地元は川崎駅と工場地帯の中間にある地区、川中島だ。

「親父《おやじ》はサラリーマン。おふくろは保険のセールス・ウーマン。その後、病院の受付になったのかな。それと、兄弟は兄貴がひとり。普通の家でしたよ。大して温かかったとも思わない。まぁ、産んでくれてありがとうって感じ。今は、みんなどこにいるのかもわからないけど」

サッカーや野球に打ち込んでいた、至って〝普通〟の少年が、世間から見れば道を踏み外した――彼からすればほかでもない自分の道を見つけたのは一〇歳の頃だという。

「不良になったつもりは一回もなくて。でも、今につながってると思うのは、小五のとき、兄貴が飽きて放ったらかしにしてたスケートボードに乗りだしたこと。そこから、同級生じゃなくて年上の友達と遊び始めて、寝るとき以外は家にいないような感じになっていった」

家を飛び出した彼をまず受け入れたのが、一九九〇年代の川崎スケートボード・シーンの最重要クルー〈3《スリー》・4《フォーティ》・4《フォー》〉である。その最年少のメンバーとなった〝あっちゃん〟は、すぐに頭角を現し、川崎駅前の川崎ルフロン屋上で開催された大会では、前述の大富寛と競った末に、見事、優勝を獲得した。

「その頃、ストリートこそが居場所なんだって気づきましたね。みんな、昼間は学校に行ったり、仕事をしていたりするけど、それが終わって集まって、スケボーをしているときこそが本当の姿なんだなって。オレもそう」

しかし、大富がプロ・スケーターへの道を進んだのに対して、中学生になったA－THUGは同じアメリカ由来のストリート・カルチャーであるヒップホップ・ダンスに惹《ひ》かれる。当時、日本ではダンス・グループのZOOが先導するブームが起こっており、川崎駅前のライヴホール〈クラブチッタ〉でも地元のダンサーによるイベントが開催。同地の若者たちも次々と踊り始めていたのだ。とはいえ、A－THUGの関心が向かったのは芸能界などではなく、カルチャーの原点だ。

「ダンサーの先輩が『ヒップホップのルーツはニューヨークだから』と言ってたんですね。もともと、オレはその人のファッションを真似《まね》して、ティンバー（ランド）のブーツを安く売ってもらったりしてたから、『ニューヨークってすげーんだな』『オレも行くべきだ』みたいに思うようになった。で、中学を卒業した後に鳶《とび》をやって金を貯《た》めて、一六のときに初めてあっちに渡りました」

一九九六年。ニューヨーク市では行政が治安の本格的な改善に取り組み出したばかりで、依然、荒廃していた。そして、そのような環境こそがヒップホップ・カルチャーのバックグラウンドである。

「エキサイティングでしたね。まだ、ダウンタウンにもハスラーがいっぱいいて」

ツテもなくニューヨークの混沌《こんとん》に飛び込んだA－THUGは、安宿を拠点として街をうろつきながら、やがて、同地の若いプエルトリカンたちと仲良くなっていく。

「ジャパニーズでドレッドロックスだから珍しがられて、からかわれましたよ。『ガンジャ吸うのか？』『もちろん、吸うよ』ってジョイント（紙巻）を出したら、『なんだこの細いのは⁉』って笑われたり。で、『いいか、オレたちはこうやってやるんだ、ついてこい』ってニューヨーク・マナーを教えてくれた。人の家の玄関前に陣取り、ダッチマスター（葉巻）をベロベロなめて紙をはがし、タバコの葉っぱを捨てて一〇ドル分のネタを全部入れて、みんなで回して。衝撃を受けました。『オレたちがこそこそやってるカルチャーがこっちでは日常なんだ！』って」

刑務所に何度も入ったハスラーが表現する音楽

しかし、彼は渡米がきっかけでダンスからも離れてしまう。当時のアメリカのヒップホップ・シーンはいわゆる東西抗争の真っ只中《まただなか》にあり、それは、２パックとノトーリアス・B.I.G.の殺害という悲劇に行き着くが、一方でハードコアかつリリカルな作品が数多く生まれた時期でもあった。

「その頃、ニューヨークではもうダンサーは少なくて、ヒップホップがまたギャングのカルチャーになってた。それで、自分も日本に帰ったら、ドレッドをばっさり切って、ダンスをやめちゃう。ヒップホップの意味をもっと追求したくなったんです」

教育機関からは早々とドロップアウトしたA－THUGにとって、教科書となったのが映画『スカーフェイス』だ。戦前のギャング映画を、一九八三年、ブライアン・デ・パルマとオリバー・ストーンがリメイクした同作は、主人公＝トニー・モンタナの刹那《せつな》的な生き方が不良の琴線に触れ、ラップ・ミュージックにおいても引用され続けている。

「ニューヨークのプエルトリカンの友達たちは、みんな、『スカーフェイス』とか(同じくブライアン・デ・パルマが九三年に監督した)『カリートの道』が好きだった。で、オレも帰国してから日本語字幕版を観て、理解が深くなり、いろいろなことを学んだ。刑務所に入って本を読むようになったんですけど、『カリート～』の原作は映画よりさらにディープでしたね」

ちなみに、A－THUGが地元・川崎区を〝サウスサイド川崎〟と呼ぶのは、同地が川崎市の南部であることに加え、そこにアメリカの都市の荒廃した地区を重ね合わせているからだ。

「どの都市でも南側がヤバい。ニューヨークのブロンクスやクイーンズもそうだし、最近、行ってるところだったらシカゴもそう。川崎も南下すればするほど……産業道路の向こう側なんて、中学生のポン中（覚せい剤中毒）とか、子どもなのにでき上がったヤツ、いっぱいいますよ。それでも、川崎で底辺だなんて言ってたら、ニューヨークの友達に怒られる。彼らが住んでたプロジェクト（低所得者用の公共住宅）なんて、エレベーターがしょんべんくさかったり、本当にひどい場所だったから」

ましてや、アメリカで劣悪な環境とそこから生まれるラップ・ミュージックを体験してきた彼にとって、当時の日本のラップ・ミュージックは生ぬるく感じられた。

「日本でも繁華街に行けば売人はいたけど、そういうことを歌うラッパーはいなかったでしょう。たまにポン中のヤツがいても、〝売る〟ほうじゃなくて〝買う〟ほうだったしね」

あるいは、別の見方をすれば、そういった日本のストリートはフロンティアだったといえるかもしれない。A－THUGはいわばヒップホップ・カルチャーの伝道師となったが、彼が流通させたものは単なるラップ・ミュージックの情報ではなかった。

「とりあえず、オレがニューヨークから帰ってきた後、川崎ではみんな、ジョイントじゃなくてブラント（葉巻）で吸いだしましたね。で、『わざわざ、イラン人から買ってるんだったらオレがプッシュするぜ』みたいな感じで、『スカーフェイス』から取って〝SCARS〟を名乗り、ハスリングを始めた」

以降、A‐THUG、あるいはトニー・モンタナから取って〝トニー〟と名乗る彼は、アメリカと日本を、ムショとシャバを行き来しながら生きてきた。

「二二のときにはもう一〇〇〇万円以上持ってましたよ。初めて捕まったのは二三歳かな。人の罪をかぶって入った。バンかけられて（職務質問をされて）、一緒にいた友達を逃がして。パトカーをクラッシュさせたこともあるし、ニューヨークで捕まったこともある」

一方、SCARSは、東京で知り合ったSEEDAの提案もあって、彼を含むラップ・グループへと発展。それまで日本のラップ・ミュージックで描かれることが少なかったアウトローの世界を歌うことで評価を得ていったが、A‐THUGのライフスタイルによってその活動は不安定にならざるを得なかった。

「あるとき、好きな女の子ができたんで、ハスリングとかやめて、一緒にジャマイカに渡って、海辺でガンジャだけ吸いながら生きていこうって、『カリートの道』のエンディングみたいな夢を見たこともあったんですけどね。長続きしなかった」

そして、A－THUGは現在も川崎にいる。

「でも、本当は抜け出したほうがいいのかな。どこにって？　I dunno, somewhere. NYかシカゴかな。結局、日本でもアメリカでもスラム街にどっぷりだよ」

酔いが回ったせいか、ワイン・グラスの並んだテーブルの周りにはセンチメンタルな雰囲気が漂い始めていた。

「今だって当局に目をつけられてるかもしれないし、スニッチ（密告者）もいるかもしれないし。その前に、またパクられるかもしれないし、死ぬかもしれないけど。もし、オレが死んだら、音楽を聴いてほしい。そこには、オレの世界が表現されてるから」

続けて、彼は重い空気を振り払うように、冗談めかしながら言う。

「……ハスリングとかラップとかどうでもいいから、オレは愛が欲しい！」

A－THUGの歌が人々を惹きつけるのは、孤独さと人懐っこさが同時に表現されているからだろう。それは、川崎のブルースだ。

第９話

川崎南北戦争を乗り越えた男たちのヒップホップ
――FLY BOY RECORDS

JR南武線・武蔵溝ノ口駅前に立つ〈FLY BOY RECORDS〉の面々。
左よりDJ TY-KOH、KOWICHI、YOUNG HASTLE。

南北に引き裂かれる川崎

川崎は二つの顔を持っている。そして、それらの表情は変わりつつある。シンガーソングライターの小沢健二が、自身の抱える空虚さを〝川崎ノーザン・ソウル〟と呼んだ、その背景としてのニュータウンの北部。ラッパーのA－THUGが、荒廃しているからこそラップ・ミュージックの聖地と化したシカゴのサウスサイドに重ね合わせて〝サウスサイド川崎〟と呼んだ、工場地帯の南部。あるいは、そういった違いから生まれる価値観の対立を、川崎市民は冗談めかして〝川崎南北問題〟と表現する。

ただ、北部／南部という区分では、前者に麻生区、多摩区、宮前区、高津区が、後者に中原区、幸区、川崎区が割り当てられるものの、宮前区、高津区、中原区を中部とくくる場合もある通り、それは曖昧《あいまい》なイメージにすぎない。そして、最近では、映画『シン・ゴジラ』（二〇一六年）において、南部・武蔵小杉《むさしこすぎ》のタワーマンションが建ち並ぶ多摩川沿いで戦いが繰り広げられた。ゴジラがやってくるのはそれだけ注目されているということで、発展著しい同地は、街の好感度に関するランキングでも、年々、上昇しており、いわゆるニュータウン的な環境は南部にまで広がっているといえる。同様の傾向はJR川崎駅周辺のショッピングモール化にも見て取れるし、もはや、川崎に北部／南部の境界線を引く意味はないのかもしれない。しかし、南北の対立が、不良少年の間で血なまぐさい〝戦争〟にまで発展したことは、当事者にとってはいまだ生々しい記憶として残っているのだ。

神奈川　川崎　東京と横浜の間
挟まれてるこの街　住んでるのはオレ達
昔はバラバラだった　ヤツらも今じゃ仲間
まとまりねーのもスタイルかな
思ったけどひとつになった

——KOWICHI「Rep My City」より

グローバルなモードとローカルなテーマを掛け合わせるセンスの妙で知られる〈F

LY BOY RECORDS〉のメンバーと、その仲間たちがミュージック・ヴィデオに揃《そろ》って登場する地元讃歌《さんか》「Rep My City」は、2パック「カリフォルニア・ラヴ」のメロディを引用した耳心地の良いラップ・ミュージックだが、そこで歌われている内容は、川崎の不良文化の歴史を知る者ほど身に沁《し》みるに違いない。

その日、溝口《みぞのくち》――渋谷駅を起点とする東急田園都市線と、川崎駅を起点とするJR南武線が交差する、川崎北部の街の中華料理屋で、五人の男がジョッキの生ビールを呷《あお》っていた。低いがよく通る声で場を仕切るFLY BOY RECORDS主宰・DJ TY-KOHは南部・中原区の出身。横で相槌《あいづち》を打つDJ SPACEKIDは彼の中学校の同級生。一方、向かいの席に座るクールな雰囲気のKOWICHIは北部・多摩区の出身で、彼の楽曲「Rep My City」において、隣席の刺青が顔にまで入ったK-YOは〝昔なじみの仲間〟と紹介される。つまり、そのテーブルでは川崎の南北が融和していたわけだが、そこに、東京から溝口に越してきたばかりだという、タンクトップから筋骨隆々の身体《からだ》がのぞくYOUNG HASTLEを加えて、宴会は行われていた。

彼らは、先ほど、南武線・武蔵《むさし》溝ノ口駅の改札前で撮影を行ってきたところだ。YOUNG HASTLEがスマートフォンをいじりながら、「おっ、『溝口にFLY

BOYの人たちがいる！』ってツイートがあった」とつぶやくと、TY‐KOHが苦笑する。
「この間も、地元のパチンコ屋から出てきたところで、トラックの運ちゃんに『今ちょうどTY‐KOHさんの曲を聴いてました！』って声をかけられて。最近、そういうのがちょいちょいあるんで、下手に鼻くそもほじくれないですよ」
FLY BOY RECORDSは川崎を〝K‐TOWN〟と呼び、南北に分けるのではなく、あくまでもオール川崎としてのアイデンティティを強調する。ただし、同地では、東京と横浜に挟まれた細長い市内を南武線が縦貫している一方、様々な鉄道路線によって各区から容易に市外に出られることで、市としての統一感に欠けてきたという。
TY‐KOH「オレは地元が武蔵小杉なんで、遊びに行くとしたら川崎（駅）よりも、東横（線）で渋谷に出ちゃってましたね」
KOWICHI「オレも稲田堤《いなだづつみ》だから、京王線で新宿まで一本でしたし、東京で遊んでました」
また、川崎には市内を縦貫するルートとして、南武線のほかに尻手《しって》黒川道路という幹線道路があり、それが持つ越境性こそが、南北の暴走族を中心に、不良による縄張り争いを生んだ側面がある。

ＴＹ－ＫＯＨ「先輩には『北部とカチあったら絶対に喧嘩《けんか》になるから構えとけ』って言われてました。南部は単車が主流なんですけど、北部はビッグスクーターで、おシャレなんですよ。ただ、『さらにコルク（暴走族が愛用するヘルメット）を被《かぶ》ってたら、そいつは北部の不良だから』って。それもあって、（南部・中原区の）武蔵小杉と（北部・高津区の）溝口なんて三駅しか離れてないのに警戒してまったく行かなかったですから」

かつてはアウトロー・バイカーだったという北部出身のＫ－ＹＯも、「今はＴＹ－ＫＯＨもＳＰＡＣＥＫＩＤも仲間ですけど、一〇代の頃に出会ってたらぶっ飛ばしちゃってたかもしれない」と笑う。

「僕らはいつも溝口の通称〝モンブラン〟ってゲーセンに溜《た》まってたんですけど、ここより向こう（以南）はみんな敵でしたもん」

〝南部の門番〟と〝北部の悪魔〟の抗争

一九九〇年代後半、不良たちが川崎南北戦争と呼ぶ争いの真《ま》っ只中《ただなか》、ＴＹ－ＫＯＨ

とSPACEKIDが通っていた井田中学校は、南部・中原区と北部・高津区の区境の前者側にあったことから〝南部の門番〟として、一キロほどしか離れていない後者側の東橘《ひがしたちばな》中学校と抗争を繰り返していた。

SPACEKID「東橘は〝北部の悪魔〟と呼ばれてました。ヤツらが使う〝墓場〟があるんですよ。まず、ガストの裏の駐車場で軽くやられて、その後、橘公園に連れて行かれて、屍《しかばね》にされるという。だから、絶対、捕まりたくなかった」

しかし、SPACEKIDは毒牙《どくが》にかかってしまう。

TY-KOH「SPACEKIDはオレらの学年のリーダーだったんですけど、井田中狩りに来た東橘のヤツらを返り討ちにしたら、後日、報復でリンチされた」

SPACEKID「金属バットでフルスイング。歯が折れて、頭もドラえもんみたいに腫《は》れて、医者に『よく生きてたな』と言われました」

TY-KOH「それが壮絶で、オレたちも意気消沈しちゃって。でも、そのせいで、『不良として成り上がりたいわけじゃないし、別の遊びをしよう』って感じになったんです」

そして、まずはSPACEKIDがターンテーブルを購入、それを追うようにTY-KOHもDJを始める。とはいえ、それ以前からヒップホップは彼らの生活のバックグラウンド・ミュージックだった。

SPACEKID「地元の先輩に拉致《らち》られたときに車の中でかかってたのも、（アメリカのラッパーの）クーリオだったし。シャコタンのマークⅡで、ひとりはトランクに入れられて、オレらはブラック・ライトがピカピカの後部座席で『おめーら、じっとしてろよ！』って脅されて」

TY-KOH「で、『ギャングスタズ・パラダイス』（クーリオによる一九九五年のヒット・ソング）が延々とループ！　悪夢かと思ったよ。でも、不良と違って、DJに関しては地元で先輩に当たる人がいなかったんで、自由にできたんですね」

また、二人は次第に地元の不良の伝統も変えていく。例えば、彼らは〝カンパ〟と呼ばれる南部特有のいわゆる上納金制度を、自分たちの中学校だけでもなくそうと試みた。TY-KOHは語る。

「オレらもカンパには苦しめられました。だからといって後輩に同じことをしたら負の連鎖が続いていくだけだから、みんなで話し合って、『この忌《い》まわしい文化は自分たちの世代でやめよう』『年下も一緒に、みんなでもっと楽しくやったほうがいいでしょ』ということになったんです」

ちなみに、高校生になるとSPACEKIDはイベントを主催するようになるが、会場として選んだのは六本木のクラブだ。

「当時、六本木が盛り上がってたんですよ。川崎にはクラブらしいクラブがなくて。でも、パー券はこっちで売ってたんで、六本木の〈ジオイド〉ってハコに川崎のヤツばっかり四〇〇人ぐらい入るっていう。パラパラとハードコア・パンクとヒップホップがごちゃ混ぜになっためちゃくちゃなパーティでしたけど」

一方、TY‐KOHの興味は海を越え、アメリカへと向かう。

「DJをやり出したら、やっぱり、ヒップホップはUSのものがカッコいいなと思ったんです。正直、当時の日本語ラップはピンとこなかった。で、ニューヨークへ行っては向こうのDJのテクニックを吸収して、日本で披露して……ということを始めたので、ますます、USのほうしか見なくなって」

そんな彼の視線を、あらためて地元・川崎へと向かわせたのが、川崎区を拠点に活動するハスリング・チームからラップ・グループへと発展した、A‐THUG率いるSCARSの存在だ。

「ファースト（『THE ALBUM』、二〇〇六年）を聴いて、『日本にもこんなにヤバいヒップホップがあるんだ⁉』って衝撃を受けましたね」

それにはSPACEKIDも同感する。

「日本にはストリートのヤツらが感じてることを、ストレートにリリックに落とし込んで歌ってるヤツがいなかったんで、むしろ、USのものを聴いて共感してたんですよね。そこにSCARSが出てきた」

そして、TY－KOHが言う。

「しかも、『川崎なんだ！』っていう」

SCARSの登場によって〝川崎〟を再発見した彼らは、自分たちでも川崎駅前のライヴハウス〈セルビアンナイト〉で、同地を盛り上げようという意味を込めたタイトルのイベント「K'$ Up」を開催するなど、ローカリズムに自覚的になっていくのだった。

南北戦争をいかに乗り越えたのか

しかし、北部のK－YOは、音楽を始めることに関して後れを取った。彼の場合、アウトロー・ライフが長引いたのだ。一七歳になったK－YOは不良グループのリーダー格になっていたが、ある日、地元のデニーズで開かれた幹部会の途中、窓の外をよそ者の暴走族のバイクが一〇〇台近くも連なって走り抜けて行く様子が目に留まったという。

「当然、すぐ立ち上がって、『行くぞ』と。で、先輩と車に乗って追いかけると、何台かがガソリン・スタンドで止まっていた」

これはしめたと車を飛び降りたK－YOたちは、敵を袋叩《ふくろだた》きにする。しかし、そのとき、異変に気づいた相手グループのバイクの一群が引き返してくる。

「結局、そのときの喧嘩で先輩が殺されてしまったんです。後日、僕も含めて関係者が一斉逮捕」

そして、一年半後。K－YOが少年院を出ると、彼が生きてきた世界はすっかり様変わりしていた。

「バイクに乗ってた人たちがローライダーになって、車でウェストコースト・ヒップホップを流してた。それで、僕も先輩に直訴してグループを抜け、パーティで遊び始め、流れでラップを始める。ほんと、あのままいかなくてよかった」

やがて、前述のセルビアンナイトでそれぞれのイベントを行っていたK$ Upクルー（TY－KOH、SPACEKID）、KOWICHI、K－YOは交流を持ち始める。

KOWICHI「TY－KOH君を知ったとき、クラったっすね。川崎を鬼のようにレップ（Represent＝代表）してて。『いるんだ？　こういう人……っていうか、オレと同じ考えのヤツ、いたー！』みたいな」
TY‐KOH「今振り返ってみると、SPACEKIDがキーマンだったなって思う。彼がKOWICHIのミックステープ（KOWICHI & DJ SPACEKID『CONFIDENTIAL CHEESE』、一三年）を手がけて、聴いてみたら『カッコいいじゃん！』って感じで、そこから北部のヤツらに本当の意味で心を開き始めたというか」
SPACEKID「言ってみれば、南部のサグな（悪い）感じと、北部のシャレた感じを合わせたのが、オレらがやってることなのかな」
あるいは、彼らは彼らなりのやり方で川崎南北戦争を乗り越えたのだ。
K‐YO「今思うと、『南部のヤツは敵だ』って考えは先輩から刷り込まれたものでしたからね。先輩が言うことは絶対っていう、完全な縦社会に生きてたんで」
TY‐KOH「K‐YOと仲良くなり始めたとき、一緒に、南部の先輩がやってるバーに遊びに行ったんです。その人にK‐YOが地元を聞かれて答えたら、『え、北部？』みたいにピリッとして。『今もその対立、あるの？』ってなったもん」
SPACEKID「まぁ、ほかはわからないけど、オレたちに関しては乗り越えられた、ということだよね。だからこそ、この楽しくやってる様子を提示していきたい」

K-YO「バラバラだったヤツらがドラゴンボールを集めるようにひとつになった。で、オレたちをつなげたのは、やっぱり、音楽だったんです。きれいごとに聞こえるかもしれないけど、音楽に救われた」

新しい〝川崎〟

また、そこに川崎の外から合流するアーティストもいたのだ。東京都調布市出身のYOUNG HASTLEは言う。

「昔は〝川崎＝ヤンキー〟っていう印象で、正直、ダサいと思ってたんですよ。でも、TY-KOHたちは超イケてたんで、仲良くなりたいなって。そこから、毎晩、みんなで溝口でメシ食って、当時、住んでた（世田谷区の）駒沢《こまざわ》までチャリンコで二〇分くらいかけて帰るっていうライフスタイルに」

ついに、彼は溝口に移住。ただ、川崎はニュータウンとして、あるいは、工場地帯として、様々な土地から住民や労働者を受け入れながら発展してきたのだから、決して突飛な話ではない。

TY‐KOH「オレらからすれば、例えば音楽をやるために地方から出てきた人たちは、わざわざ、東京で高い家賃を払わずに、このへんに住めばいいのにって思うんですよね。渋谷だって近いんだし」

YOUNG HASTLE「オレも今は川崎っていうと、ブルックリンとかニュージャージーみたいな、中心からちょっと離れてるからこそアンテナが発達してる、センスのいいサバーブの街って印象を持ってます」

TY‐KOH「やっぱり、川崎区は川崎の血が濃いんですけど、このへん……中部ともくくられるあたりは、東京と横浜と川崎のハイブリッドなんですよ。いいところ取りっていうか」

SPACEKID「それでも、川崎には〝川崎〟としか言えない空気感がある。丸子橋（東京都大田区田園調布と中原区の間の多摩川にかかる橋）を渡るとがらっと変わる。ニューヨークのクイーンズ・ブリッジとかブルックリン・ブリッジとかを地元のヤツが渡るときの感覚と同じだと思う。『帰ってきたー！』ってなるもん」

彼らが所属するFLY BOY RECORDSは、川崎を盛り上げることを目的としたイベント「K'$ Up」から派生したレーベルで、名前の通り〝FLY〟な（カッコいい）楽曲を制作／発表することが重要なのだという。ひいてはそれこそが〝K

'$ Up〃につながっていく。

SPACEKID「この調子で、川崎のヒップホップがこれからもっと盛り上がっていけばと思いますね。いいときも悪いときも一緒にクリアできる仲間、家族たちと共に」

TY-KOH「以前の川崎はほんとブロックごとにハスラーがいるような感じで。みんな、アルバイト感覚でやってた。それをラッパーとかDJが兼業してたケースも多いし、日本ではヒップホップがいかんせん金にならないからそうなるんですよね。下手したら、ヒップホップをやるためにハスリングで経費を賄《まかな》ってるレベル。だからこそ、ちゃんとヒップホップで稼げるようにしたいんです」

FLY BOY RECORDSをロールモデルとして、川崎はディストピアからユートピアへと生まれ変わることができるのだろうか。

第 10 話

在日コリアン・ラッパー、川崎に帰還す

―― FUNI（KP／MEW TANT HOMOSAPIENCE）

川崎区で生まれ育ったラッパーで実業家のFUNI。

多文化地域のサイファー

「日本人／韓国人／フィリピン人／様々なルーツが／流れる／この街でオレらは／楽しく／生きてる」

街灯も疎《まば》らなふるびた住宅街を進み、だだっ広い児童公園に足を踏み入れると、暗《くら》闇《やみ》の中にぼうっと浮かぶ白い光が目に留まった。それは、東屋《あずまや》のテーブルに置かれたｉＰｈｏｎｅの画面で、その周りを少年たちが取り囲み、ＹｏｕＴｕｂｅから流れるビートに合わせてフリースタイル・ラップをしているのだった。すると、ひとりの男がサイファー（＊1）に歩み寄り、言葉をつないだ。

「フィリピン／コリアン／チャイニーズ／南米もいいぜ／ごちゃまぜ／人種ジャンクション……」

ビートが刻むＢＰＭ90の、倍の速さでリズムを取っていた少年たちの勢いに比べ、彼のラップは淡々としていたが、言葉に説得力がある。

「……集まる／この場所／長崎／じゃなくて川崎／ボム落とす／まるで原子爆弾／拡張してく頭／の中はサイコ／パス・ワードは００２《ゼロゼロニーニー》／ＦＵＮＩ《フニ》／で踏み／区切り／誰だ、次」

そう促された隣の少年のラップは、感化されたのだろう、先ほどよりもさらに熱を帯びていた。

「言ってたな原子爆弾／ならオレらがここで元気出すか！」

サイファーから歓声が上がる。川崎区の多文化地域・桜本の夜。そこには様々な顔立ちの若者がいたはずだが暗闇の中で見分けはつかず、ただ、吐き出す言葉だけが各々《おのおの》の個性を表すのだった。

教会の屋上から見える景色

「この場所は、オレにとってシェルターだったんです。家にも学校にも居場所がないからここに来て、同じような子どもたちと遊びながら、良いことも、悪いことも覚えました。あと、ラップも」

郭正勲《カク・ジョンフン》——通称〝FUNI〟は、灰色の空を見上げながら言う。視線をゆっくり下ろしていくと、煙を吐き出す工場群が、続いてのっぺりとした街並みが、そして、巨大な十字架の裏側が見えた。雨に濡《ぬ》れた梯子《はしご》をおそるおそる上ってたどり着いたこの場所は、桜本の人々の拠《よ》り所《どころ》となってきた川崎教会の、屋根の上だ。

一九五九年、同教会の初代担任牧師となった在日コリアン第一世代の李仁夏《イ・インハ》は、娘を保育園に入れようとした際、「〝向こう側〟の人は取らない」と拒否された苦しい体験を経て、一九六九年に教会の敷地を使って桜本保育園を開設、礼拝堂も少年少女の遊び場として提供した。しかし、彼は自分の娘のような朝鮮半島にルーツを持つ子どもだけを受け入れたわけではなく、地元の共働き世帯のすべてに門戸を開いたのだ。それは、多文化共生という彼の信念に基づいており、その考えは桜本という街全体を包摂していく。様々な子どもたちが交流するコミュニティ・センター〈ふれあい館〉も、李が理事を務める〈青丘社〉によってつくられたものだ。一方、悪ガキたちは神様の目を盗んで教会の屋根に上った。そのひとりであるFUNIは、煙った街を眺めながら回想する。

「家は厳しかったけど、『教会に行く』って言えば遊びに行けたんですよね。だから、ここに来て、みんなでこっそりタバコを吸って。中学一年生でラップにハマってからは、サイファーもやってました。あそこのアパートには、昔、不法滞在の外国人がヤクザにかくまわれてて、ときどき、ボコられてたんですけど、そんなバビロン（＊2）を眺めながらフリースタイルを回して」

不況の街で育つ

ＦＵＮＩは、一九八三年、川崎区桜本で生まれた。四人兄妹の次男。祖父は李牧師と同じように朝鮮から川崎へやってきた在日コリアン一世で、父は日本生まれの二世。ただし、母は結婚のために韓国から嫁いできたこともあって、ＦＵＮＩは自身を〝二・五世〟と称する。郭一族は祖父の代から同区大師町で鉄加工業を営んでいるが、川崎がひとつの生き物なのだとしたら、工場はさしずめ臓器だろう。ＦＵＮＩに案内してもらった自社工場の内部は昼間だというのに薄暗くじめっとしていて、さっきまで街を見下ろしていたはずの我々は、まるで、空から伸びてきた巨大な手につままれ、ひと飲みにされてしまったかのような気持ちになった。そして、奇妙なことに、目の前の鈍く光る機械にはいくつかのキャンバスが立てかけられており、そのどれにも、ジョルジョ・モランディを思わせるうら寂しい色合いで、ほかでもない工場の外観が描かれているのだ。入れ子構造の奇妙な空間の中で、経営者であり、画家であるFUNIの父は、作品について解説する。

「これは、もともと、私が二五、六歳頃に描いた作品だから、かれこれ四〇年ぐらい前のものになりますかね。どの工場もとうになくなってしまったけど、作品としては、今でもたまに色を足してるんです。なぜ、工場を題材にするのか？　それが一番美しいと思ったからですよ。この街で」

しばらくして父が去ると、それまで黙っていたFUNIの批評が始まった。

「ピカソの青の時代を連想させますよね。鬱《うつ》っぽいっていうか、『オレはここで死んでいくんだ』みたいな諦念《ていねん》がある。父は本当は教師になりたかったらしいんですけど、当時、在日には無理だったこと、結局、工場を継がされたこと、その悔しさが出ているように思う」

とはいえ、父が祖父から受け継いだ工場は、好景気のおかげで業績を伸ばしていったが、いわゆるバブル崩壊の煽《あお》りを受け、FUNIが子どもの頃には生活は苦しくなっていたという。

「兄妹のうち、兄貴は三つ上、弟は三つ下なんで、入学がいっぺんにくることも親には大変だったみたいです。例えば、弟が小学校に入るとき、兄貴の厚さ一センチぐらいになったセカンドバッグみたいなランドセルをお下がりで持たされるのがあまりにもかわいそうで、でも、新品は買えないっていうことで、ナップザックで通う特例が認められたぐらいでした」

その苦労はいまだに続いている。

「今年、自衛隊の船の部品をつくる仕事が入ってきて、ギリギリ、潰《つぶ》れるのを免れた。ついに、『この世に戦争ってものがあってよかった』とホッとしちゃいましたよ。『戦争反対』なんてきれいごと、言いたくても言えない。原発立地帯と同じ。オレも子どもの頃から工場を手伝わされてましたけど、いつも『絶対に継ぎたくない、孫正義《そんまさよし》みたいにでっかいディールがやりたい、この街を抜け出してやる』と思ってましたね」

ほかにも、ＦＵＮＩの人格形成に影響を与えたこととして、六歳のとき、住まいが桜本から、自社工場のある大師町へと移ったことがあった。その距離はたったの一キロほどだが、幼い彼にとっては世界が一変するような出来事だったという。

「桜本から大師に引っ越したら、プールがガクンと深くなるみたいに疎外感《そがいかん》が強くなったんです。小学校で在日はオレひとりでしたし。で、週末になったら川崎教会で在日の友達と会う。桜本はある意味で人権特区なんですよ。もちろん、それは仁夏牧師をはじめとした先達《せんだつ》が苦労してつくりあげたものであるわけだけど、子どもだから当たり前のものだと思ってしまってたんです」

その後、FUNIは川崎北部の高等学校に進学し、地元の特殊性をさらに思い知る。

「川崎南部って欲望がむき出しにされてるんで、子どもも大人になるのが早い。だから、北部に行って、『なんでみんなこんなに子どもなの？』とビックリしましたね。勉強や部活のことばっかり考えていられることがカルチャーショックだった」

そのように、桜本と大師町、南部と北部のボーダーを行き来することによって、FUNIは世界の多様さと残酷さを知ったのだ。もしくは、彼は不良と秀才の間をうろついてもいた。

「南部という土地柄、友達には不良も多かったんですよ。ウチの工場は塗装もやるんで、あるヤツが『シンナーを売ってくれ』って、桃の天然水の空のペットボトルを持ってきたり。『ウチは一斗缶でしか売らないから』とか適当なことを言ったら、『それは高くて無理だな』と帰っていきましたけど。ただ、みんな、オレが一生懸命勉強をしてることもわかってたので、不良の先輩に絡《から》まれそうなときも『郭はやめてもらっていいですか？』と間に入ってくれたり、助けられました」

また、FUNIが川崎の不良のしがらみに足を取られずに済んだのは、彼がうんざりしていた地元の、大人たちのおかげであったのかもしれない。

「川崎の大人って『ああはなりたくない』ってヤツらばっかりで。でも、結局、みんなそういう大人になってしまう。そんな中でオレは侮《あなど》れない大人と出会えたんですよね。両親の民族教育の厳しさは常軌を逸してたけど、今は感謝してるし、あと、教会で牧師先生に、キング牧師やマルコム・Xのような先達の存在を教えてもらったことも大きかった」

そして、前述した通り、彼はその屋根の上でラップを知ったのだ。「これ、カッコいいから聴いてみな」。一九九六年、中学一年生のとき、先輩から渡されたBUDDHA BRANDのEP『人間発電所』に衝撃を受けたFUNIは、ラップにのめり込んでいく。屋根の上で始めたサイファーには、北海道から引っ越してきた李牧師の孫で、後にラッパー・INHAとして知られるようになる三歳下の少年も加わった。

「川崎って罪深い街なんで、聖書がよく合うんですけど、それ以上にラップが合う。ナズや2パックの訳詞を読んだときに、国も世代も違うのに置かれてる状況とか考えてることが同じで、しかも、表現がカッコいいことに感動したんです」

〝韓国人ラッパー〟として扱われた若き時代の苦悩

〝FUNI〟の名前が川崎の外で知られるようになったのは、ラップ・デュオ〝KP〟の活動を通してであった。相方の、やはり、在日コリアンである李 育 鉄《リー・ユンチョル》ことLIYOON《リユン》は、川崎教会に足を運んでいた牧師で立教大学にて国際社会学を教えていた金迅野《キム・シンヤ》が、「ラップをやってる、面白いヤツがいる」と言って引き合わせてくれたのだという。

「LIYOONは、成城学園の自宅に遊びに行ったら、家の中にエレベーターがあって、トイレを借りたら大便器と小便器があって。同じ在日でも階級が違うことを思い知らされましたね。とはいえ、彼は小中高をイギリスで過ごしたのもあって、狭いエスニシティにとらわれていなくて。その点でも意気投合したんです」

二人が出会った二〇〇二年は、KICK THE CAN CREWやRIP SLYMEの活躍によってラップ・ブームと、メジャー・レーベルによる新人の青田買いが起こっていた。加えて、FIFAワールドカップの日韓共同開催で韓国に注目が集まっており、若くて勢いのある在日コリアン・ラップ・デュオが放っておかれるはずもなかった。翌年、KPはいきなり東芝EMIからデビューすることになる。

「ただ、〝KP〟っていうコリアン・アメリカンのギャングから取った名前は勝手につけられたものですし、何より〝韓国人ラッパー・デビュー〟という触れ込みには、『そりゃないだろ』って感じでしたね。『せめて、在日韓国人ラッパーだろ、オレら初対面の相手に〝アンニョンハセヨ〟って言われたらブチギレちゃうよ？』って」

ステレオタイプに押し込まれることに憤《いきどお》った彼らは、若い在日コリアンのリアリティを積極的に打ち出していくが、それによって、結局、依頼される仕事には、NHK『ハングル講座』のレギュラーや舞台『GO』への出演など、常にエスニシティがつきまとうこととなってしまった。

「オレら自身、桜本のようなコミュニティからは外れた、孤立したマイノリティのために歌いたいという思いはあったんです。ところが、それが仇《あだ》となって、メディアにラッパーではなく、〝在日の若者の代表〟としてばかり呼ばれるようになった。いつも、『もっとラップを聴いてくれ』と思ってました。一方で、『ワン・コリア』っていう南北統一をテーマにした曲を書いたら、レーベルに『そういう政治的な曲は出したくない』と言われたり。ストレスが溜《た》まるばかりでしたね」

ラップ・シーンの全体に目を向けてみれば、二〇〇〇年代初頭のブームはあっという間に終わり、メジャー・デビューしたグループも早々に契約を切られてしまった。KPもまた同様だったが、若い世代の中には自分たちで新しい音楽を鳴らす場づくりを進めていった者も多かった。例えば、新宿を拠点とするMSCのリーダー＝MC漢は、フリースタイル・ラップの全国大会「ULTIMATE MC BATTLE」を立ち上げ、それが、「高校生RAP選手権」を発端とする二〇一〇年代のラップ・ブームの礎《いしずえ》となる。川崎から、アウトローの世界を赤裸々に歌って次の世代に影響を与えたA－THUG率いるSCARSが登場したのもこの頃だ。FUNIもそのような日本のラップ・ミュージックの新たな流れには煽られた。

「うらやましかったですよ。これぞアンダーグラウンド、これぞヒップホップだと思った。対して、自分たちは下地をつくらずにいきなりメジャー経由で世の中に出たんで、カルチャーの上辺をなぞることになってしまった。だからこそ、『シーンで名前を売るならやっぱりMCバトルだ』ってことで大会に出て、それなりに成果を挙げた。そのおかげで、『あ、KPのヤツってちゃんとラップ上手《うま》いんだ』と認知してもらえたと思う」

FUNIは〈Da.Me.Records〉や〈JUNK BEAT TOKYO〉といった新興レーベル／クルーと交流を深め、晴れて日本のラップ・シーンの一員となる。また、KPと並行して、同じくフリースタイル・バトルで名を上げていた旧友のINHAと、プロデューサーのOCTOPODと三人で新たなラップ・ユニット＝MEWTANT HOMOSAPIENCEを結成。アルバムの制作を始めるが、しかし、その最中、INHAがドロップアウトしてしまったのだった。

「オレとしてはMEWTANT HOMOSAPIENCEのアルバムが出れば、KPのセルアウト（売れ線）なイメージを脱却して、表現者としての地位を確立できると思ってたんですが……ヒップホップ・シーンとは、入口を間違えた分、何か常に上手くいかないなって感じがありましたね」

ラップビジネスではなくネットビジネスを選んだ

そして、彼が成功を収めたのは、ラッパーとしてではなくビジネスマンとしてだった。

一四年、FUNIはタワーマンションの自室から新宿の喧噪《けんそう》を見下ろしていた。四年前、KPの活動を休止すると同時に、友人二人と始めたIT関連企業は、すぐさま社員八〇人を抱えるまでに成長。仕事は多忙を極めたが、それも、愛するフィアンセのためだからこそできることだった。

「川崎で日系ブラジル人の女の子と出会ったんです。彼女は〈ふれあい館〉のインターンで、同じ移民の子どもだということで仲良くなって、次第に惹《ひ》かれ合っていきました」

そのとき、二人にはある未来が見えていたという。

「『民族にこだわるなんて古い、在日コリアンと日系ブラジル人で子どもをつくって、新しい世代を切り開いていこう』と約束した。で、『それには先立つものが必要だ。オレはビジネスやるよ』と」

いわゆる〝SEO（検索エンジン最適化）対策〟のブームに乗って起業したFUNIと、ビジネスの相性は良かった。川崎から、貧困から、ずっと抜け出したいと考えていた彼は思う存分、金を稼ぎ始めたのだ。

「ネットビジネスって合法の詐欺《さぎ》みたいなもんですよ。ハッタリが重要。その点はラップに似ているともいえるし、日本のラップとは違って努力すればするほど金になりますからね。それが面白くてハマってしまって、川崎で生まれたくせに、気づいたらいかにも日本人的な働き蟻《あり》になってたんです」

しかし——すべてが順調に進んでいると思っていた一四年の大晦日《おおみそか》。FUNIは、突然、フィアンセから別れを告げられる。

「『あんた、ラップやってたときのほうが輝いてた』ってフラれてしまったんですね。確かに、『人生こんなもんか、いちあがりだな』って高をくくってたようなところがあった。でも、それが真っ白に。だからこそ、彼女には感謝してるんです。あのままだったら、つまらない人生になってたと思う」

やがて、会社を友人に譲り渡したＦＵＮＩは、放浪の旅へと出発した。

新たなプロジェクト

ところが、現在、ＦＵＮＩは川崎で、相変わらず忙しい日々を送っている。大師町で父がなんとか続けてきた工場の横には家族用の住宅があるが、改築が趣味だという母親の計画の下、工事が繰り返された結果、奇妙に入り組んだつくりになっている。それは、川崎の工場地帯という過酷な環境において家庭を守ってきた、彼女の城のようにも、芸術作品のようにも思えた。そして、ＦＵＮＩは自室で、Ａｉｒｂｎｂの管理や、経営コンサルティングの受付など、様々な業務を行っており、中でも力を入れているのは、〈ノーベル・ライフ〉や〈電話居酒屋〉といった、悩みや愚痴を聞く電話サービスの運営だ。

「旅の最中、アメリカで依然として人種差別が横行している一方、ブラック・ライヴズ・マター（＊3）が盛り上がってるのを目の当《ま》たり《あ》にして。『でも、日本は変わらないんだろうな』と思ってたら、川崎でヘイト・スピーチに対してカウンターが起こったと知った。で、『川崎、すげぇじゃん！』と見直して、帰ってきたようなところがある。対して自分なりのやり方というか、オレが桜本の教会に救われたように、どこかで苦しんでる人のためのヴァーチャルなコミュニティがつくれないかと思ったんです」

つまり、ＦＵＮＩは子どもの頃のように地元を外から見ることによって、あらためてその可能性に気づいたのだ。また、彼はラップも再開、〈ふれあい館〉の職員である鈴木健と共に川崎の子どもたちのため、同文化を使ったプロジェクトを進めている。桜本・桜川公園のサイファーに顔を出した日は、その前に定時制高校で講演を行い、そこでも、まだあどけない子どもから不良っぽい子どもまで、様々な生徒をステージに上げ、フリースタイルを交わした。ＦＵＮＩは、子どもたちに、かつての自分の姿や、生まれてくるかもしれなかった自分の子どもの姿を重ね合わせているのではないか。

「仕事っていうものが、究極的にいえば世界を発展させるものなのだとしたら、子どもを育てることこそが人類にとって最も大切な仕事でしょう。ただ、オレには今子どもはいないですし、パートナーもいないですし、じゃあ、何をしたらいいのかと考えると、ラップという特技を使って次の世代を先導するべきなんじゃないかと。オレも地元で出会ったような侮れない大人になって、キング牧師やマルコム・Xみたいに、未来を生きる子どもたちにオープンソースとして使ってもらいたいんです」

あるいは、今、FUNIは作品という子どもを世に出そうとしている。ドロップアウトしていたINHAと連絡がついて、お蔵入りになっていたMEWTANT HOMOSAPIENCEのアルバムを発表することが決まったのだという。

「MEWTANT HOMOSAPIENCEっていうのは、ミュータント・タートルズみたいに川崎の光化学スモッグを吸いすぎて進化しちゃった人間、って意味なんですね。一方、多文化地域としての川崎では異人種間の結婚が増えて、混血が国民の大多数を占めるブラジルと同じような道を歩みつつある。それは、東京が二〇二〇年に向けて目標として掲げるダイバーシティに先駆けてるし、つまり、川崎こそが日本の未来を切り開いてる。ずっとこの街から逃げだすことを考えてたんですけど、回り回って帰ってきて、今はここここそが自分にとっての約束の地なんだと感じてます」

MEWTANT HOMOSAPIENCEのアルバムのタイトル、『KAWASAKI』の下敷きとなったのは、映画『未来世紀ブラジル（原題：BRAZIL）』だという。きっと、未来世紀カワサキでも子どもたちはサイファーを組んでいるのだろう。

［註］

＊1―サイファー……フリースタイル・ラップをリレー形式で行うこと。または、その際につくる円陣のこと。由来は円形＝〝0（Cipher）〟から。

＊2―バビロン……ラスタファリズムにおいて腐敗した権力がはびこる場所をそう呼ぶことにならって、ラップ・ミュージックでもたびたび使われる。

＊3―ブラック・ライヴズ・マター……警官によるアフリカ系アメリカ人男性殺害事件を発端とする、「黒人の命だって大切だ（Black Lives Matter）」というスローガンを掲げた反差別運動。

第 11 話

負の連鎖でもがく女たちの明日

——君島かれん

ゴーゴー・ダンサーであり、SNSでも多くのフォロワーを持つ君島かれん。

男たちの欲望をエネルギーにしてきた性風俗街

一〇〇年前の川崎の夜も、こんなふうだったのだろうか。雑居ビルの二階にあるガールズ・バーで、窓の外の喧噪《けんそう》を眺めながら思った。もちろん、ネオンサインに染められた街並は当時とは別世界になっているわけだが、そこでは同じように欲望が渦巻いていたに違いないと。

JR川崎駅東口に出ると、正面に〝仲見世通〟と書かれたアーチが見えるはずだ。それをくぐってしばらく進むと、通りはキャバクラだらけになる。また、東口から左手の方角には堀之内町、右手の方角には南町というソープランドが建ち並ぶエリアが広がっており、中には〝ちょんの間〟も現存する。

性風俗街＝川崎のルーツは、一六二三年に設置された、東海道五十三次二つ目の宿場・川崎宿を訪れる旅客のためにつくられた遊郭群にまでさかのぼれるのだという。

やがて、大正時代になると大戦景気に伴い京浜工業地帯が発展。川崎にも労働者が押し寄せ、彼らのための娯楽としていわゆる〝飲む・打つ・買う〟の業種も拡大していく。また、そのうち、売春宿群は敗戦後も堀之内町では青線という形で、南町では赤線という形で残るものの、一九五七年の売春防止法施行、および翌年の赤線廃止により打撃を受ける。しかし、取って代わるように新性風俗・トルコ風呂《ぶろ》が現れ、六六年の風営法改正により両地が個室付き浴場業の営業許可地域となると、経済成長期だったこともあり、再び活気づいていく。

このように、川崎は男たちの欲望をエネルギーにしてきた一方、女たちもその中でしたたかに生き抜いてきた。そして、長らくデフレーションに突入したまま出口が見えずにいる現在。仲見世通のガールズ・バーの下では、前の店のシャッターに汚い格好をした老人が酔い潰《つぶ》れてもたれかかり、それを若者たちがからかっている。彼らの横では、スーツ姿のサラリーマンたちがキャバクラの呼び込みと値下げの交渉をしている。

「さあさあ、ダンス・タイムはまだまだ続きますよ！　楽しんじゃってください！」

中階段から、ジャスティン・ビーバー「ソーリー」に乗せてマイクで煽《あお》る声が聞こえてきた。三階では、テーブルで踊るゴーゴー・ダンサーの水着に、男たちがチップ代わりのドル札をねじ込む酒池肉林が続いているのだろう。みんな、そちらに行ってしまって、二階のフロアに客は自分しかおらず、カウンターの中にいるホステスはあくびを噛《か》み殺しながらグラスを拭《ふ》いている。そのとき、階段をひとりの男が降りてきた。

「何か面白いものでも見えますか？」

店のスタッフで、STICKYという名前でラッパーとしても知られる彼は、窓の外を一瞥《いちべつ》すると、吐き捨てるように言った。

「この街は、いつもこんな感じですよ」（*1）

眼下の道では、露出の多い格好をしてイヤフォンを着けた若い女が、慣れた足取りで酔客を避けながら通り過ぎていく。

仲見世通で過ごした一〇代

「遅くなってすいません、店の前でファンの子につかまっちゃって」

君島かれんは、川崎駅前の居酒屋の個室に息を切らしながら入ってきた。ジムの帰りということでラフな格好をしているが、席に着いて白いキャップを脱ぐと、金色の緩くうねった髪の毛が広がって、まるでライオンのような野性味と気高さがあると思った。

「しゃぶしゃぶ、頼んでもいいですか？　ウチ、肉食なんで」

そう笑いながらメニューをめくる彼女は、新進気鋭のゴーゴー・ダンサーで、川崎出身のラップ・グループ＝BAD HOPのすでに一〇〇万回以上再生されている（＊2）「Life Style」のミュージック・ヴィデオに参加したほか、タレントとしてテレビにも進出し始めている。

「あ、飲み物はウーロン茶でいいです。お酒はやめたから。一六のときに、飲みすぎて身体《からだ》を壊しちゃって。それまでは、仲見世（通）を〝鏡月〟の瓶、持って散歩してました」

一九九六年生まれの君島の地元は、神奈川県横浜市鶴見区だが、最寄り駅が京浜急行で川崎駅の隣に当たることもあって、次第に地元にいるよりも、川崎駅前の繁華街で遊ぶ時間のほうが長くなっていったという。ただ、幼い頃の彼女はむしろ自分の殻に閉じこもっていた。

「引っ込み思案で、人前に出ると泣いちゃうような子どもだったんですよ。それが、小学校の高学年ぐらいには、ヤンキーになってスウェットの上下で登校して、周囲からむしろ積極的に浮いていってました。小学生女子の、あっちで悪口、こっちでいじめ、みたいなノリが『だるっ』て感じだったんですよね。あと、家系もあるのかもしれない。お母さんもお父さんもヤンキーでイケイケだったから」

一方で、少女はダンスに打ち込んでもいた。

「それもお母さんの影響ですね。ヒップホップのダンサーだったんですよ。だから、ウチも三歳から始めて、一四歳まではがっつりダンスをやってて。でも、だんだんと遊ぶのが楽しくて家出状態になって……」

そこから、文字通りのストリート・ライフが始まる。

「いまだに駅前を歩くと、当時からいるキャッチとかスカウトとかと『よう、久しぶり！』って感じになりますよ。毎日、仲見世のローソンの前にしゃがんで、ナンパ待ちしてたから。で、声かけてくるヤツがいい感じだったら、タダ飲み、タダカラオケ、タダごはん。最高かよって。学校とは違って、街では女の子の友達もたくさんできました」

そして、遊び疲れれば、繁華街にある友達の家で眠るのだ。

「ちょうど、仲見世の隣の通りに友達の女の子の家があって、そこが、当時の拠点だったな。その子はフィリピンの子だったんですけど、同じようにグレてたんで、家族で里帰りしたとき、親に『こっちで更生しろ』って言われて置いてこられちゃったんですよ。そこからは仕方がないんで、ナンパで寝床を確保するようになりましたね。必ず友達連れで行ってましたけど。ひとりだとムラムラされるのが面倒くさいから」

君島は、そんな楽しい日々がいつまでも続くと思っていたという。

川崎の不良少女の肖像

本書では、ここまで、主に不良少年、もしくは元不良少年の視点から〝川崎〟を描いてきたが、その取材の進め方には筆者が男性だということからくる偏《かたよ》りがあって、街の実態を知ろうとするならば、当然、(元)不良少女にも話を聞かなければならないだろう。

ただし、同じ環境で育っているため、彼らと彼女らの物語が似ているのもまた事実だ。例えば、三歳で川崎市の姉妹都市である中国の瀋陽《しんよう》市から移住してきたというリンユー(仮名・二〇歳)は、多くの少年同様、中学校で不良の洗礼を受けたと語る。入学から間もないある日、女子の上級生から近所の公園に来るように言われた彼女が、おそるおそる向かうと、そこでは、ヤンキー風の少女ばかり三〇人ほどが並ばされていた。

「『今日は調子に乗ってるヤツをシメる』『まず、ピアスの穴を開けてるヤツは正直に言え』みたいな話になって、名乗り出た子がぶっ飛ばされて。私も開けてたんで『ヤバい』と思ったんですけど、フィリピンから来た子が、『生まれた場所の風習で開けさせられたんです』と言ったら、『じゃあ、仕方ねぇな』と許してもらえたんですよ。それで、私も『中国の風習で』と嘘《うそ》を言ったら、『中国にそんな風習ねぇだろ！』って謎《なぞ》の基準でぶっ飛ばされました」

　そして、彼女は半ば強制的にレディース（暴走族）に加入させられる。

「ブラジル人の子とタイマンをやらされたときはキツかったですね。その子が無痛症みたいで、コルク（暴走族のヘルメット）で頭をバーンって引っぱたいてもムクッて起き上がってくるんですよ。ゾンビみたいで怖かった」

　また、川崎の不良少年を苦しめたカンパ（上納金）制度は、やはり、不良少女の世界にも存在したという。

「カンパが回ってきたら、カツアゲで金を集めたり、しまいには仲間内で盗みが横行したり。みんなで酒飲んで、寝て起きたら財布がスッカラカン。最悪ですよ」

一〇代の風俗経営者

一方、不良少年と不良少女の一番の違いは、後者が金を稼ごうとしたとき、身体が性的な側面において資本になるということだ。ナナ（仮名・二〇歳）は、中学生の頃からキャバクラで働いていた（＊3）と話す。

「なんでキャバをやろうと思ったのか？　金に決まってるでしょ。遊びたかったから。派遣キャバに登録すれば、会社のほうで年齢をごまかしてくれるんで、アンダー（年齢制限以下）でも働けるんですよ。一八歳として派遣されるっていう」

やがて、彼女はさらなる儲《もう》けを求めて、いわゆる援デリを組織し始めた。援デリとは、援助交際に見せかけたデリバリーヘルスのことで、出会い系サイトなどで売春を求める男に素人《しろうと》のふりをしたスタッフが対応。交渉が成立すると、やはり素人のふりをした女性を送り込む違法性風俗というか、売春の手法だ。

「私は打ち子（サイトでやり取りをする役）で、川崎駅前の待ち合わせ場所にはほかの女の子に行ってもらうっていう流れ。最初は登録に個人情報がいらないサイトを使ってたら、女の子が、チンコに真珠入ってる系のヤツにヤリ逃げされちゃって。それ以来、ちゃんとしたサイトでやるようになったんですけど、客は大体（サラ）リーマンでしたね。相場はゴムありでイチゴー（一万五〇〇〇円）からニ（二万円）って感じ。安い？　みんな、金ないんでしょ。で、そこから、私が三分の一ぐらいもらって。三万以上のときは自分で行ってたな」

ちなみに、援デリは暴力団の資金源になっているといわれるが、ナナの場合はそのようなバックをつけないインディペンデントだった。

「自分でビブ横（横浜ビブレ）まで女の子をスカウトしに行ってましたからね。『君、かわいいね〜、儲けられるよ』って。この間、居酒屋で店員の子に『あれ？　私、中学生のとき、お姉さんにナンパされたことあります！』と言われて、懐《なつ》かしかったな」

ソープ嬢とドラッグ・ディーラー

ナナは「私の周りはみんなウリ（売春）やってましたよ」と、平然とした口調で言うが、川崎の（元）不良少女たちと話していると、キャバクラはアルバイトとして当たり前でも、ソープランドやデリバリーヘルス、ましてや援デリといった売春業には抵抗を持っている場合が多い。よく聞かれる意見は、「川崎区は狭い上に地元に住み続けている人が多いので、すぐに噂《うわさ》が広まる」というものだ。また、彼女たちの中では売春業に就いている知人――もしくは知人の知人は、コミュニティの外部に出たアウトサイダーのように扱われ、それと比較することで自身の真っ当さが再確認される。一種の羨望《せんぼう》を混じえながら。マイ（仮名・一八歳）は、堀之内のソープランドで働いているという噂がある中学校時代の先輩について楽しそうに語る。

「その先輩、嫌いだったんですよ。見た目は地味なのに、廊下ですれ違うときにすごい睨《にら》んでくる。噂によると、公園で小学生の男の子に『おっぱい触ってみる？』とか『チンチン舐《な》めてあげる』とか言ってたらしくて。ヤバくないですか？　でも、友達の男に聞いたら、今、堀之内で働いてることも隠してないんだって。むしろ、『○○って店だから来いよ』と誘われたって。そこまで行くと逆に気持ちいいっていうか、好きになりましたね。私はそういう店で働こうと思ったことはあるか？　キャバはあるけど、ソープは無理かな。せいぜい、おっパブまで」

実際に堀之内のソープランドに勤めるアイ（仮名・二二歳）は、「頭が悪いんでコンビニの面接すら落ちちゃうんですよ」と笑う。

「かといって、コミュ障（コミュニケーションが苦手）だしお酒を飲めないからキャバも無理。働けるのはソープぐらいで」

彼女の話で印象的だったのが、死んだ飼い犬の足形を背中に無数に彫っていること、そして、以前の恋人がドラッグ・ディーラーだったことだ。

「もともと、私もジャンキーだったんですけどね。最初は高校生のとき、川崎駅前でナンパしてきた男に『新種のタバコだよ』って脱法ハーブのジョイント（紙巻）を吸わされて、『くっさ！　何これ？』と思ったらフワーッとして。そこからハマって、赤玉（睡眠薬）食って渋谷のサイケ箱（クラブ）に行ったりしてましたね。ヒップホップの箱は年齢制限厳しいけど、サイケ箱（クラブ）に行ったりしてましたね。

やがて、彼女は男に誘われ、深みにはまっていく。

「それでも、シャブだけはやらないようにしてたんです。なのに、そのディーラーとセックスしてたとき、ケツの穴に塗られて。しまいにはポンプ（注射）まで。だんだんと量を増やされ、ソープの仕事にも行けないみたいな。結局、そいつは逮捕されたんですけど、やっとやめられるって感じでうれしかったですね。私の家にもガサが来そうだったから、慌《あわ》てて横浜の闇《やみ》医者に行って、血を全部交換してもらった。友達にもポン中（覚せい剤中毒）のシングル・マザーがいますよ。私は、今はコーク（コカイン）をやるぐらい。〝ガイジ〟（障がい児）が生まれるって聞いて、ときどきにしてるけど。もう少しお金が貯《た》まったら、子どもも欲しいし、ソープはやめたいです」

ダメ男との闘い

もちろん、性を売り物にすることにはリスクが伴うし、不良に限った話ではないが、プライベートな交際でもこじれた際に被害を受けるのは、往々にして女性である。ミサキ（仮名・二四歳）も「ダメ男とばっかり付き合ってきました」と言う。

「ちょっと前まで同棲《どうせい》してた男はハンパないソクバッキー（束縛魔）で。友達と遊びに行くと言っただけで、浮気だろうとか、あやしいとかガーッとまくし立ててきて。私、頭の回転が遅いから、いきなりいろいろなことを言われると混乱して意味がわからなくなっちゃうんですよ。だから、最初は言い返してたんですけど、途中から面倒くさくなって、反抗するのはやめました。同棲してた一年間のうち、外に遊びに行ったことは数えるほどしかない」

その上、男はヒモだった。

「そいつはバイクで事故って身体に麻痺《まひ》が残ったんで、働かずに障害者手当をもらってたんですよ。でも、実際には全然動けて。それなのに、私が朝から晩まで働いてへトヘトになって帰ると、『メシつくれ』とか『掃除しろ』とか言ってくる。『お前、一日じゅう、家にいるんだからやれよ』みたいな。しかも、『そろそろ、働けば』と言い返したら、『手当がもらえなくなるから働かない』って。最後のほうは『株だったら儲けてもバレないし、株の勉強をするんだ』とか言って本を買い込んでましたね。私の金で。どうせ、今も何もやってないと思うけど」

また、ミサキは一六歳の頃、同棲していた別の男との間にできた子どもを堕《お》ろしている。

「そいつはタメの職人で、ちゃんと働いてました。でも、遊び人で家に帰ってこないんですよ。私は定時（制高等学校）に通ってたから、夜遅く家に戻って夕飯をつくって待ってるのに連絡もないし、自分の分だけ食べて残りは捨てちゃうことが多かった。朝、お弁当をつくって起こしても、遊びすぎで寝不足だから機嫌が悪くて当たり散らされる。子どもができてうれしかったんですけど、生活態度は変わらなくて。妊娠四カ月のとき、つわりがひどくて料理してる間に立っていられなくなって、キッチンの床に寝転んでレンジが回るのを眺めながら、堕ろそうって決めました」

川崎の不良少年少女は親になるのが早い。筆者は三八歳（執筆時）だが、二〇歳の若者に取材をしていた際、母親を「ババアがムカつくんですよ」などと言うので、何歳なのか聞くと筆者と同じ歳《とし》でまいってしまったことがあった。ただ、若年出産は様々な問題を孕《はら》んでおり、それを背負うことになるのも多くの場合が女性である。もしくは、ミサキが堕胎を選んだことは正解だったのかもしれない。

「友達にも『絶対逃げられるから、産まないほうがいい』って言われました。周りは早い子だとやっぱり一六ぐらいで産んでますね。でも、それぐらいだと私みたいに妊娠しても迷う年齢なんで、一番多いのは一九ぐらいかな。いずれにせよ、友達はみんなお母さんなんで、出遅れたっていうか、『あのとき、産んでればなぁ』って思うことはあります。まぁ、半分以上は離婚してシングル・マザーになってますけど」

再び踊る理由

取材を進めている中で、BAD HOPの双子の兄弟、2WIN（T‐Pablow／YZERR）のように、母子家庭で育った若者と頻繁に出会った。あるいは、今年、彼らが出席した成人式（＊4）には、同い年のシングル・マザーもいた。花魁《おいらん》風のヘアメイクをした彼女は二歳の子どもを抱え、友人たちとはしゃぎながら記念写真に収まっていた。若い母親にとって成人式は門出の儀式ではなく、ちょっとした息抜きだったのかもしれない。

他方、「まだ二〇歳だけど、経験でいったら人の二倍、三倍は生きてきたと思う」という君島が刹那《せつな》的な日々に別れを告げたのは、一六歳のときに経験した母親の死がきっかけだった。ある日、家出同然になっていた彼女に、母の訃報《ふほう》が届いた。

「ウチはそれでも事実に向き合いたくなくて、家には帰りませんでした。だけど、結局、補導されてお父さんに引き渡されて。さすがに殴られましたね」

やがて、君島はダンスを再開する。それは母の願いでもあった。

「お父さんから、『お母さんは、お前にもう一回、ダンスをやってもらいたいと悲しんでたよ』と言われて、そうだよなって」

彼女はまっすぐこちらを見据えながら言う。

「もう後悔したくないんですよ。今、こういう仕事してると、『あいつ、昔は遊んでたらしいよ』みたいなこと言われて、過去が足を引っ張ることがある。『オレ、昔、あいつとヤッたよ』とか噂を流されたり。『知らねぇよ、誰だよそいつ』みたいな。『ヤッたかヤッてないか覚えてないけど、その程度の男だろ』って。まぁ、そんなことは屁《へ》でもないし、過去があるからこそ今があるわけだけど、やっぱり、もっとお母さんのそばにいてあげたかったなっていう後悔は消えなくて。でも、それはかなわない。だからこそ、お母さんが観《み》たがってたダンスに、命をかけてるんです」

不良を卒業して表舞台へ出んとする、2WINや君島を見ていると、その母親たちにとって子育てとは、川崎における負の連鎖を断ち切るための戦いでもあったのではないかと感じる。

[註]

＊1―SCARSのメンバーでもあった彼は二〇二一年一月に急逝した。

＊2―一〇〇万回以上再生されている……二〇一六年一一月時点。公開は同年九月。その約一年後の再生回数は七〇〇万回以上と、日本のラップ・ミュージックにおいては破格のヒットになっている。

＊3―中学生の頃からキャバクラで働いていた……キャバクラは「風俗営業等の規制及び業務の適正化等に関する法律（通称・風営法）」によって規制される接待飲食等営業にあたり、一八歳未満は働くことができない。

＊4―今年、彼らが出席した成人式……二〇一六年一月一一日、川崎市中原区の〈とどろきアリーナ〉にて行われた。

第12話

競輪狂いが叫ぶ老いゆく街の歌
――友川カズキ

友川カズキの自宅。書棚には、坂口安吾やセリーヌの全集をはじめ本がぎっしり詰まっていた。

競輪場に通う異形のフォーク・シンガー

そこは、ネズミ色の世界だった。ＪＲ川崎駅の東口を出て、繁華街から工場地帯に向かって延びる通称・市役所通りを一キロほど歩くと、川崎競輪場にたどり着く。エントランスは平日の昼間だというのにごった返しているが、そこにいるほとんどが老人だ。みな、一様にくすんだ服装をしており、見分けがつかない。

「こっちこっち！」

そのとき、よく通る声で呼び止められた。振り向くと、ネズミの群れの中に野犬のような鋭い目つきの男が立っている。

「ここにはよく来るのかって？　くだらないこと聞かないでよ」

異形のフォーク・シンガーとして、そして、ギャンブラーとして知られる友川カズキは、秋田なまりを残した口調でそう言うとこちらを睨《にら》んだ。たじろいだ次の瞬間、彫の深い相好《そうごう》を崩していたずらっぽく笑う。

「あのエレベーターなんて私が負けた金でつくったんじゃないかな」

トレードマークの中折れ帽の背後、空は青く澄み渡っているが、スタンドは相変わらずのネズミ色。一方、バンクでは、選手たちが力強く風を切っている。

「競輪選手には休みがあるのに、レースは三六五日、どこかしらでやってるんで、競輪ファンには休みがない。不平等でしょう？『ゴキブリが走ってても金賭《か》けたくなる』って言う人がいるぐらいだから、ちょうどいいけどね」

日に四箱は吸うというチェイン・スモーカーの友川は、新たなタバコに火を点《つ》けながら饒舌《じょうぜつ》に語る。

「ただ、競輪で身を崩したことはない。というか、もともと身を崩してるから。金持ちは破滅するんですよ。私は元に戻るだけ」

晩秋の乾いた空気に打鐘《だしょう》が響き渡り、選手たちがラスト・スパートに入った。

川崎駅西口で暮らす

川崎駅はそれだけでひとつの街のようだ。二〇〇六年に完成した西口直結のショッピングモール〈ラゾーナ川崎プラザ〉は猥雑《わいざつ》な土地のイメージをリニューアル、多くの買い物客を呼び寄せたが、彼らは広大なフロアをめぐるだけで満足して去ってしまう。もしくは、新しい住民が帰っていく周囲のタワーマンションは、ビル風のエアカーテンでその向こうに広がるふるびた住宅街をないものとしている。

〈ラゾーナ〉が建っているのは東芝の工場の跡地であり、また、ほど近い複合ビル〈ソリッドスクエア〉が建っているのも明治製菓の工場の跡地だ。川崎駅西口は、高度経済成長期につくられたいわゆるマンモス団地の河原町団地を象徴として、かつて、工場で働く労働者のための住宅地として活気に溢《あふ》れていた。しかし、現在は河原町団地の住人も高齢化が進み、デイケアの送迎車が目立つ。一五年に入居者への暴行と過去の不審死が発覚した老人ホーム〈Sアミーユ川崎幸町〉があったのも西口側で、同施設は名前だけを変えて営業を続けている。友川カズキが住む、築四〇年近い木造のアパートもその一角にある。

「寿司《すし》、食っちゃってください。次は鍋《なべ》がいきますからね」

友川の声がするが、日当たりの悪い部屋の奥にある台所は真っ暗で、手前の壁に立て掛けられたガット・ギターだけが見える。近所のゴミ捨て場から拾ってきて以来、歌をつくるのに使っているのだという。

六畳ほどの部屋の片隅には布団《ふとん》が丸めて放り投げてあって、棚に並んでいる小説や詩集のカバーはどれもタバコのヤニで茶色く染まっている。近所のブックオフで一二〇〇円で買ったミニコンポから流れているのは、廉価盤《れんか》のジャズのコンピレーション・アルバムに収録されたリー・モーガン「ザ・サイドワインダー」。うっすらと日が差す窓際《まどぎわ》のテーブルの上には母の遺影と、新鮮な白いスプレーギク。テレビにはCSの競輪チャンネルが映り、壁のカレンダーには自分のライヴよりも強調されてレースの予定が書き込まれている。

「はいはい、お待たせしました」

友川が鍋の中身をよそった椀《わん》と、焼酎《しょうちゅう》の水割りを持ってやってきた。まだ午後も早いが、一本目の酒瓶が空こうとしている。

「いつも何時ぐらいから飲むんですか？」

「ひとりだし、デタラメよ、デタラメ」

「朝から？」

「それはないけど、酒を飲んでて朝まで起きてることはしょっちゅうあるね」

「アル中になったことは？」

「何言ってるの、あなた。立派なアル中だよ」

「身体《からだ》は大丈夫ですか？」

「肝臓は強いね。弱いのは脳ミソだけ」

宴会でハメを外して、大家に菓子折りを持って謝りにいったことも何度かある。住人はやはり老人が多いというこのアパートの裏手は、統廃合を経て残った小学校だ。

「音楽室がすぐそこでね。二日酔いで寝てると歌が聞こえてくるのよ。子どもの声は全然うるさくない。いいもんだね」

〝土方〟がストレスを発散したソープランドとギャンブル

一九五〇年、秋田県の現・三種町《みたねちょう》に生まれた友川が川崎に流れ着いたのは、二〇代前半──もう四〇年以上も前のことだという。

「その頃は駅が木造でしたよ。オンボロで。東口は繁華街だったけど、西口には古い家しかなくて、二階建てが珍しいくらいだった。で、東口から西口へ行くのに使う地下道に、傷痍《しょうい》軍人がいてね。松葉杖《まつばづえ》ついて、ハーモニカ吹いたりアコーディオン弾いたりして、金を集めてて。まだそういう時代だったの。後で知ったんだけど、あの傷痍軍人は偽者《にせもの》も多かったんだってね。元締めがいて」

友川は、高校を卒業した後、何度か上京と帰省を繰り返すうちに、東京近郊でいわゆる〝土方〟として暮らすようになっていった。〝友川カズキ〟なる芸名も、本名の及位典司《のぞきてんじ》の読み方が難しく、飯場《はんば》で説明するのが面倒くさかったため適当に付けたものだ。

「フォークを知ったのも練馬の飯場にいたとき。そこで『山谷《さんや》ブルース』（岡林信康、六八年）を聴いてびっくりした。それまでは歌謡曲が好きで、フォークって嫌いだったのよ。『この広い野原いっぱい♪』なんて歌ってバカじゃないかと思ってた。それが、岡林でぶっ飛んじゃって。自分でも曲を書くようになった」

やがて、友川は土方仲間から家賃が安く、敷金・礼金もいらないアパートを紹介され、川崎へ移り住む。木造の古い建物に四畳半一間の小さい部屋が並ぶ一方で、廊下がやけに広い構造は、かつて、青線地帯の売春宿として建てられた名残だった。毎早朝、彼はそこから駅の反対側の、競輪場の前にある職業安定所へと出かけていった。

「タチンボ（日雇い）は早く行かないと仕事にあぶれちゃうからね。で、仕事がもらえた日は、そこからいろんなところに運ばれていって」

そして、帰りは駅前で飲んで、また西口へと戻るのだ。

「最初のアパートは安いし、最終的には四部屋も借りた。ひとつを宴会専用にしたり、飲みに来た人の宿泊用にしたり。豪華でしょう。そんなふうに、長い間、自由にやってたんだけど、地上げに遭って取り壊しになっちゃって。しょうがないから、リヤカーを借りてきて近所に越しました」

しかし、そこも地上げのために取り壊しとなってしまう。バブル景気の時期、川崎駅周辺は目まぐるしく変わっていった。八八年に世間を騒がせたリクルート事件も、西口再開発のための便宜供与から発覚したものである。友川は工事に追い立てられるように住居を転々としたわけで、ただ、実際の現場を担当していた土方たちの労働環境は良いものではなかったという。そんな彼らがストレスを発散したのが、例えば駅前の飲み屋街であり、堀之内町のソープランドであり、市役所通りの競輪場である。

「キツい仕事の後ほど、キツいことをしたくなるでしょう？　疲れたときはタバコもキツいヤツがいいし、酒もウイスキーをストレートで飲みたくなる。土方が競輪に行くのはその感覚ですよ」

友川が競輪を始めたのは、二〇年ほど前のことだ。ギャンブル歴は飯場で覚えた花札から始まり、パチスロに命をかけていた時期もあるが、友人の脚本家・加藤正人に連れられて行った川崎競輪場でその魅力の虜《とりこ》になった。

「最初は『ガラが悪いなぁ』と思いましたね。外は（ホームレスが住む）青テントだらけだし、レース中も『てめぇ、この野郎！』とか野次は普通だったから。バンクが金網で囲まれてるのは、昔の競輪ファンは負けると新聞紙に火を点けて投げ込んだのよ。私が行くようになるずっと前の話だけど、川崎競輪場で暴動が起こって、地元の親分が来てやっと収めたっていうんだから」

そして、友川にとっての競輪の醍醐味《だいごみ》は、なんといっても人間くささにあるという。

「競輪は人そのものがエンジンなんでね。競艇やオートレースは実際のエンジンを積んでるし、競馬は馬がエンジン。だから、私は『競馬も、騎手が馬背負って走るなら賭けてもいい』って言うんだけど。人の気持ちならわかっても、馬の気持ちはわからないからつまらないじゃない。人を読み込むっていう、文学とまではいかないけど、大衆小説の面白さですよ」

ただ、その〝読者〟もまた高齢化が進んでいる。

「競馬場にはまだファッション性があるのに、競輪場はネズミ色だったでしょう。その前に〝ドブ〟を付けてもいい」

二〇一四年、川崎競輪場は駅周辺の再開発に合わせるようにリニューアルした。レストランや子ども用の遊び場などを備えた新たなスタンド（チケット購入や試合観戦をする建物）がつくられたものの、結局、客層は中高年が中心だ。一方で、タバコを吸える場所は少なくなるなど、ニーズを見誤っているのではないかという声もある。友川は煙を吐いて、言う。

「たばこ税だけで一日、二七〇〇万円が役所に入るっていうんだよ。それなのに、人非人扱い。本当だったらタバコに火を点けた瞬間、役所の人間は灰皿持って走ってこなくちゃいけない」

競輪業界自体、客層の高齢化もあって、年々、衰退しているという。また、それは同時に日本の経済成長期を支えた肉体労働者たちの高齢化をも意味するだろう。友川は何杯目かの焼酎の水割りを飲み干しながら、競輪中継を見つめた。

老いゆくドヤ街と風俗街

真新しいショッピングモールで消費を謳歌《おうか》している人々は、すぐそばに〝ドヤ街〟があることを知らない。一五年五月、川崎駅東口側にある日進町の、もともとは、住居を持たない労働者のための安価な旅館として使われていた簡易宿泊所で火災が発生、一一人が死亡、一七人が重軽傷を負う惨事となった。そして、ほどなくして、被害者の多くがすでに高齢で働くことができなくなった生活保護受給者であり、現場ではそのような人々を大量に泊めようと違法建築が行われていたせいで、火の回りが早くなったことが判明する。

ただ、その後、状況が改善したようには思えない。夕方、仕事が終わって簡易宿泊所に帰っていくのだろう、コンビニエンス・ストアの袋を下げた作業着姿の労働者がちらほらと歩いている日進町で話しかけた老人は、近所で起こった大火災を平然と振り返った。

「このへんは、毎晩のようにサイレンが鳴るからね。で、あの日はいつもより長いんで様子を見に行ってみたら、あらら って」

青森県八戸《はちのへ》市生まれの男性は六五歳。全国の飯場を転々とし、五年ほど前に川崎へ流れ着いた。

「仕事はしてない。病院通ってるから、ほとんど断られちゃうのよ。でも、わかるんだ。オレも昔、人使ってたからさ。具合悪そうなヤツは帰すのよ。現場で倒れられても困るから」

現在は生活保護を受給しながら、簡易宿泊所で暮らしているのだという。

「故郷に帰ったのは三陸の地震（一九九四年）のときが最後だね。もう親もいないし、川崎が終《つい》の住処《すみか》かな」

また、日進町の簡易宿泊所が建ち並ぶ区域からすぐ近くには南町の風俗街があるが、そちらも灯《あか》りはまばらでひと気がなく、なんとも寂し気な雰囲気が漂っていた。ましてや、〝ちょんの間〟となると風俗遺産とでもいっていいようなものになりつつある。

三三歳の従業員女性は語った。

「私は川崎の生まれで、吉原《よしわら》のソープランドで働いた後、AV女優になって、最近、こっちに戻ってきました。地元で働くのは避けてたんですけど、もう年だし、そんなことも言ってられないかなって」

川崎のちょんの間は同地の労働者の欲望を受け止めてきたわけだが、摘発が繰り返され、今は高齢となった客を相手に細々と営業を続けるばかりだ。

「お客様は五〇代、六〇代の方が多いですね。私のお得意様で一番上は八〇代。でも、元気ですよ。週に二、三回は来て、ちゃんとすることはしていきます」

川崎駅から消えたホームレスはどこへ

友川もまた、高齢ということもあって土方の仕事から遠ざかった後、日進町にある自立支援センターに勤務していたという。

「このへんの旅館の相場は一泊一五〇〇円か二〇〇〇円。だって、土方は一日働いて八〇〇〇円だし、雨が降ったら休みだから、それぐらいしか払えない。こういう言葉知ってます？『土方殺すに刃物はいらない。雨の三日も降ればいい』って」

彼は勝手知ったる様子で暗い路地を進んでいく。

「ただ、自分で泊まれる人はまだいいほうでね。私がやってたのは、市の援助を受けて、外で寝てる人を旅館に振り分けたり、センターで引き取ったりする仕事だった。さらに、〝自立支援〟なんていうけど、自立するなんて、到底、無理な人もいっぱいいる。統合失調症の人、覚せい剤中毒の人、末期がんの人、もうろくしてる人。ウンコだらけのお尻《しり》をシャワーで洗ってあげたりしましたよ」

一方、川崎市民からは、『駅周辺がきれいになった』『以前と比べてホームレスが減った』という意見を聞く。それは、市や自立支援センターによる成果なのだろうか。

「そんなことないの。（多摩川の）河川敷に行ってごらんなさい。今日なんか暖かいし、たくさんいるはずだよ。川崎だけでホームレスが三〇〇〇人いるっていうんだから。昔は川崎全体が日進町みたいなものだったのに、だんだんと彼らは街にいさせてもらえなくなって、隅に追いやられてるだけなの」

彼が働いていた自立支援センターの前に着くと、ガラス戸の向こうに、弁当を受け取っている老人の姿が見えた。友川はつぶやいた。

「でも、ここが窮屈で飛び出しちゃう人もいる。飲酒が禁止されてるし、『体が動くうちは外のほうがいい』と言って。そして、空き缶集めをやる。ベテランでも、一日働いてせいぜい二〇〇〇円。それでも十分なんだね。上がりでカップ酒飲んでタバコ吸って、『また明日も頑張ろう』って。私だって、人と折り合うのは苦手だし、歌がなかったらそういう生活をしてただろうね」

ドヤ街の赤ちょうちんに響く歌声

もちろん、フォーク・シンガーとしての友川の評価は高い。その先鋭的なサウンドは下の世代からオルタナティヴ・ミュージックとしても聴かれているし、フランスの映像作家、ヴィンセント・ムーンが彼を追ったドキュメンタリー映画『花々の過失』(二〇〇九年)の影響もあって、海外でライヴをする機会も増えている。

「今年はウクライナとドイツに行った。でも、外国は言葉が通じないから疲れるね。まぁ、日本の地方でも気を遣《つか》うし、川崎の部屋に帰ってくるとホッとしますよ。もともとは、家賃が安かったから越してきただけ、ほかに移るのが面倒くさいからいるだけの場所なのに、いつの間にか自分の家になったんだね」

友川にとっても川崎は終の住処なのだろうか。

「年取ったって、秋田には戻りませんよ。ただ、外国で死ぬのは嫌だなぁ。だって、遺体を引き取りに行ったり、人に迷惑かけちゃうでしょう。そうすると、やっぱり川崎で死ぬのがいいのか」

日進町の赤ちょうちんで、今夜も彼はへべれけになっている。カウンターで、なぜかドトールの皿に盛られたホルモン炒《いた》めをつまみつつ、カラオケに入っていた友川の楽曲「生きてるって言ってみろ」を、本人が歌うのを聴いた。

ビッショリ汚れた手拭《てぬぐ》いを
腰にゆわえてトボトボと
死人でもあるまいに
自分の家の前で立ち止まり
覚悟を決めてドアを押す
地獄でもあるまいに
生きてるって言ってみろ

生きてるって言ってみろ
生きてるって言ってみろ

怒鳴りつけるように歌い終わってマイクを置くと、呆気《あっけ》に取られていた隣の老人がつぶやいた。

「変わった歌だなぁ」

友川はもう何杯目かわからない焼酎の水割りをぐいっと飲み干す。

「……そういえば、ボブ・ディランがノーベル文学賞を取りましたね」

「どうも思わない。私がディランみたいにプール付きの豪邸に住んだら歌なんて歌わないよ」

「では、友川さんはあの家に住んでいるからこそ歌っている？」

「はっきり言いますけどね……歌でも歌ってないとやってられないですよ！」

またいたずらっぽく笑う。

自由は尊いが、同時に過酷だ。ありとあらゆるしがらみを振りほどくかのごとく叫ぶ友川の歌は、自由の街、川崎によく似合う。

第13話

困窮した子を救う多文化地区の避難所
——ふれあい館

〈ふれあい館〉の玄関では、「ようこそ」と様々な言語で書かれた階段が目に飛び込んでくる。

〝川崎〟のクリスマス

サンタクロースは誰のところにもやってくるわけではない。家々で歓声が上がるクリスマスの朝、ある子どもたちは疎外感《そがいかん》を味わうことになる。例えば、戦前、川崎臨海部の湿地帯に在日コリアン労働者が建てたバラック群が基《もと》になったため、今でもまるで迷路のように入り組んだ池上町。その路地を遊び場として育った、川崎を代表するラップ・グループ＝BAD HOPのメンバー、Barkは、幼少期を以下のように振り返る。

「家は貧乏ですね。クリスマス・プレゼントとかもらったことないですもん。小さい頃、親に『サンタなんていないよ』って、はっきり言われましたから」

二〇一六年一二月二〇日、一八時。Barkも通い、今も彼のような子どもたちが通う、池上町の隣町・桜本のコミュニティ・センター〈ふれあい館〉では、だからこそ、クリスマス・パーティの準備が進められていた。日本語、韓国語、中国語、ポルトガル語、様々な言葉で「ようこそ」と書かれた階段を上がって調理室をのぞけば、中学生たちがサンドウィッチや唐揚げといったクリスマス・ディナーの製作に挑戦中だ。それを見守るのは職員の鈴木健。

「うるせぇなぁ。わかってるよ、健ちゃん」

心配そうに口出しをする鈴木に、子どもたちはきつい調子で言い返す。ただ、取材には敬語を崩さないことから考えると、それは彼らが心を開いている証拠なのだとわかる。もしくは、彼らは鈴木がかつて自分たちと同じような子どもだったと、つまり、仲間なのだと〝におい〟から感じ取っているのかもしれない。

在日コリアンの集住地域にやってきたフィリピン人

「じゃあ、ここで話しましょうか」

子どもたちが騒いでいる廊下から、案内された狭い部屋に入ると、空気が変わった。四方の壁が朝鮮半島や、在日外国人に関する書籍で埋め尽くされている。この資料室は、一九八八年の開館以来、多文化共生に尽力してきた同施設のいわば頭脳だ。歴史の重みに圧迫されながら、インタヴューは始まった。

鈴木健は、一九七四年、神奈川県横須賀《よこすか》市で生まれている。母方の祖父は朝鮮生まれ、祖母は日本生まれ。日本で出会った二人は朝鮮半島へと渡り、五人の子どもをもうける。終戦後、祖母が次男と共に日本へと戻ると、五〇年に朝鮮戦争が勃発《ぼっぱつ》。朝鮮半島に残っていた家族は南側へ逃げたものの、三女とは生き別れになり、今も北側にいるという。やがて、祖父は韓国に残り、長女である鈴木の伯母と、次女である母は、渡日。祖母と奇跡的に再会し、横須賀・米海軍基地の近くで小さなホルモン焼き屋を始めた。

また、当時、米兵は基地から外出する際には制服でなければならず、羽を伸ばせなかったという。そこに目をつけた伯母は、メインゲートの側《そば》で、私服を預かっておいて着替えることができるロッカー・クラブを開店、繁盛《はんじょう》した。鈴木が暮らしていたのは横須賀に隣接する横浜市金沢区だが、週末の遊び場は、基地のすぐ脇《わき》にあった教会。庭で野球をやっては、ボールがフェンスを越えて基地に入るたびに「アメリカに行っちゃった！」「エクスキューズミー！」と騒いで投げ返してもらっていたと振り返る。

そんなふうに、彼は国際色豊かな環境で育った。

一方で、横浜でも在日コリアンに対する差別は根強く、鈴木は学校でいじめを受けたと語る。

「それもあって高校生になるとグレたというか、夜の街で遊び回るようになった。そんな中で受け入れてくれたのが、寿町のフィリピン人労働者のおっちゃんたちだったんです」

八〇年代を通してフィリピンからの渡日は急増しており、日本三大ドヤ街に数えられる横浜市中区寿町にも、何百人ものフィリピン人が居住。彼らの明るさが鬱屈《うっくつ》していた鈴木を癒《いや》すと共に、自然とタガログ語も身についた。

「ただ、そのうちに悪さをして、『少年院に行くか、真っ当になるか選べ』と迫られて。結局、子どもの頃から通っていた教会に受け入れてもらうんですけど、当時、横須賀でもフィリピン人が増えていた。やがて、教会関係の外国人支援団体を通して、彼らのコミュニティづくりに関わり始めたことが、今の仕事につながっています」

その頃、在日コリアンの集住地域だった川崎区・桜本にもフィリピン人が転入、それに伴い鈴木も同地へと足を運ぶようになる。

「かつての在日朝鮮人も戦後の混乱の中で、貧困や差別が現在とは比べものにならないくらいひどかったし、『あそこに行ったら同胞がいる』『あそこに行ったら住める場所がある』『あそこに行ったら仕事がある』というような噂《うわさ》を聞きつけては、寄り集まっていわゆる朝鮮集落をつくっていったんですね。そうやって、桜本もコリアン・タウンになった。フィリピンの人たちも同じで、仲間、家、仕事、この三点セットを求めて、だんだんと移動してきたんです」

そして、二〇〇〇年代に入ると、一九八〇年代にじゃぱゆきさんと呼ばれた在日フィリピン人女性たちが、本国に残したまま一〇代半ばになった子どもたちを呼び寄せ始める。しかし、それまでの人間関係を断たれ、いきなり言葉もわからない環境に放り込まれたことで非行に走る者も多かった。鈴木は子どもたちを更生させようと奮闘するが、それを手伝ったのは、桜本出身の在日コリアンで、KPというラップ・グループを組んでいたFUNIだった（第10話参照）。

「ダンスをやっている子も多かったので、僕が通訳をして、FUNIが彼ら彼女らにラップを教えたりしていたんです。当時、FUNIとは『いつか、桜本でブロック・パーティをやろうぜ』という約束もしました。でも、結局はその子どもたちもヤクザに囲われたり、国に強制送還されたり、散り散りになってしまう」

不良少年が人種を超えて連帯する理由

二〇〇〇年代後半、鈴木は悪戦苦闘していた。彼は自身の活動を振り返って、川崎の子どもたちに重大な影響を与えたのはほかでもない、〇八年に起こったリーマン・ショックなのではないかと分析する。日本において、まずアメリカ発の金融危機が影響を及ぼしたのは製造業だった。話題になったのが、不況の煽《あお》りを受けて始まった、愛知や群馬で自動車製造に関わっていた在日ブラジル人の帰国ラッシュだ。

「中には仕事を求めて川崎へやってきた人たちもいました。その頃、桜本でもブラジル人、あとペルー人が増えているんです。ただ、彼らの子どもは、愛知や群馬といった集住地域ではブラジル人学校やペルー人学校に通えたけれど、このあたりにはない。日本の学校に入ろうにも日本語がしゃべれない。国もそれを問題視して、ふれあい館もやっている、日本の学校に入るための準備をするフリースクールに補助金が下りるようになりました。とはいえ、フィリピン人同様、環境が変わってグレていく子どもも多かった。まぁ、それは外国人に限らず、日本人も同じなのですが」

製造業が中心の川崎の工場地帯にも、当然、リーマン・ショックの波は押し寄せた。

「あれで底が抜けた感じはありました。印象に残っているのは、朝日新聞でやっていたロスジェネの連載（〇七年）で、若者が『オレが働いてる工場、外国人ばっかりだ』って嘆いていたんですね。要するに、リーマン・ショック以前は、日本人が外国人労働者のレヴェルに転落していくイメージだった。それが、いわば底辺で横並びになったんです」

実際、その話は、BAD HOPがカンパと呼ばれる、先輩への上納金を賄《まかな》うために犯罪に手を染めて逮捕された時期とも符合する。

「昔だったら底辺からなんとか這《は》い上がれたのが、今は未来をイメージすることすらできない。子どもに、『将来の夢は何?』って聞けないですもん。『親と同じで、役所から金をもらって生きていくよ』って答えたヤツもいました。だから、『将来の予定は何?』って聞くようにしてるんです。〝夢〟はあまりにも現実味がないけど、〝予定〟だったら思い浮かぶし、人は〝予定〟があればとりあえず生きていけますから」

あるいは、日本でヘイト・スピーチが増加していった背景にも、日本人と外国人住民が横並びになったからこそ、見下すことで文字通り差別化したいという欲望があったのかもしれない。

一方、BAD HOPが「目みりゃわかるこの街の子」「なにより一人が嫌なヤツばっかり/物心つく頃にいた仲間なら多国籍でも」「Korean Chinese 南米 つながれてる/川崎の We are Chain Gang」(「Chain Gang」より)とラップしたように、不良少年の間では、人種を超えた連帯が起こっていたように見える。

「昔からやんちゃっ子のグループって、多国籍なんですよ。でも、母子家庭という共通点があったり。ルーツでつながるより、ある種の〝におい〟でつながっていく」

そして、そんな大人からは見えにくい子どもたちのネットワークに入り込むのが鈴木の仕事なのである。

川崎なるもの

取材の間、テーブルに置かれた鈴木のスマートフォンはひっきりなしに振動していた。子どもたちから続々とＬＩＮＥでメッセージが届くのだ。

「携帯代が払えなくて電話が止まっても、Ｗｉ－Ｆｉがあれば、ＬＩＮＥは使えますからね。子どもたちにとってはまさにライフ〝ライン〟なんです」

そう言いながら、慣れた手つきで返信していく。

「この間、携帯が壊れて新しいものに変えたんですけど、みんな（ＬＩＮＥのＩＤを）ニックネームで登録してるじゃないですか。以前のデータが飛んじゃって、誰が誰かわからなくなっちゃって。しばらくは大変でした」

それは、まさに子どもたちのサイファー（232頁《ページ》参照）へ参加する試みだろう。一五年二月に起こった中一殺害事件では、被害者と犯人グループがLINEでやり取りをしていたこと、事件発覚後、地元の若者の間でやはりLINEを通じて情報が一気に拡散したことがメディアで騒ぎ立てられた。まだ同サービスの利用者が若者中心だった時期、ある人々にとってそれは、大人の目の届かないところで形成される不可解なネットワークとして映ったのかもしれない。

鈴木がLINEを始めたのも、中一殺害事件勃発の際、周囲の子どもをケアするためだった。ただ、彼は「あまりにも身近なことなので、事件についての具体的な話はノーコメントにさせてください」と断った上で、「メディアでは『SNS時代ならではの新しい形の事件』みたいな報道をされましたけど、あれはこのへんのような狭い地域特有の、子どもたちのつながりにおいて起こった、むしろ伝統的な事件だと思います」と所感を述べる。また、鈴木が子どもたちのネットワークに参加できたのは、LINEのようなソーシャル・ネットワーキング・サービスの効果というよりは、ソーシャルワークの伝統と、何より彼の努力によるものである。

「やんちゃな子どもたちって孤立はしていないんですよ。仲間がいて、でも、その中でこじれていく。だから、僕も一対一で関係をつくるというよりは、彼らの人間関係に入れてもらう。難しいことだけど、入れると、できることが大きく変わる。例えば、いちばんヤバい子ってふれあい館には来ない。大体、出くわすのは公園。で、そのとき、彼とたむろしている子の何人かを知っていれば、『ふれあい館のヤツだよ』みたいな感じで紹介してもらえる。それが糸口になる」

そして、鈴木は試行錯誤を続けるうちに、川崎が変わりつつあることを感じるという。現在、リーマン・ショックの余波は弱まり、BAD HOPが成人を迎えたように子どもの世代は入れ替わっている。

「いわゆる〝川崎なるもの〟は、過去のものになってきている気がします。子どもたちは、先輩のその先輩くらいのやんちゃな話を、まるで、都市伝説みたいに話している。見るからに不良っぽい子も少なくなった」

しかし、相変わらず、〝それ〟は残ってもいる。

「お母さんが苦労してきて、その子どもも過酷な人生を送っているというケースはやっぱり多いんですね。虐待《ぎゃくたい》をされながら育って、妊娠して学校を中退して、離婚して風俗で働いて、また子どもを虐待して、というドツボの連鎖が、僕が見ているだけでも三世代にわたって続く状況。それが、昔だったらみんな同じような環境で育っていたので、ひどい状況を共通体験にすることができた。今は、〝川崎なるもの〟に取り残された人たちが、他者の眼差《まなざ》しを気にしながらさらに深く傷ついている」

そういう意味では、LINEの話ではないが、問題の不可視化は進んでいるのだろう。

「最近も、パッと見は普通なんだけど、『何か気になるな』っていう、引っ越してきたばかりの子がいて、家についていったら六畳一間で、家族六人で暮らしていましたね。そういうふうに、地方で仕事を失って川崎に流れ着く日本人も多い。池上町も昔は在日コリアンの集住地域だったわけですけど、今は安い家賃を求めて、ブラジル人やペルー人、そして、日本人の入居者が増えています」

とはいえ、残された〝川崎なるもの〟はネガティヴな面だけではない。

「例えば、この近くの〈まーちゃん〉って居酒屋の父ちゃん母ちゃんには、ドツボにはまっている人を受け止めるような温かさがあるんですね。何かを良くするというよりは、ただ単に受け止める。そういうところは、昔はどの街にもあったのかもしれないけど、少なくなってしまったし、川崎にはまだ着実に残されていると感じます」

鈴木もまたその温かさに救われたという。二〇一二年、それまでも桜本に通い続けていた彼が、ふれあい館の職員となった頃の話だ。当時、川崎区と隣接した横浜市鶴見区に住んでいたため、川崎駅を利用していた鈴木は、桜本で仕事が終わると駅へ向かった。

「その途中、繁華街の路上で、先ほども話に出た散り散りになったフィリピンの子たちと再会したんです。ただ、彼ら彼女らは遊んでいたわけではなく、働いていて。『なんだよ、あれだけ立ち直らせようと頑張ったのに、結局、行く末はポン引きか風俗か』『オレの人生を返してくれよ』みたいな感じで落ち込みましたよね。僕自身、他人の世話ばかりしているから愛想をつかされて、離婚をして、ドツボにはまっていた。そんなときに、川崎の温かさが身に沁《し》みたんです」

　やがて、鈴木はその温かさによって立ち直り、あらためて〝ドツボの連鎖〟を断ち切ろうと決意する。

「あきらめてはいけないと、若者たちとガチで向き合うプロジェクトを立ち上げた。例えば、一〇年前にＦＵＮＩと交わした『いつか、桜本でブロック・パーティをやろうぜ』という約束を思い出して企画したのが『桜本フェス』」

　その第一回目が開催された二〇一五年二月、ＦＵＮＩもドツボにはまっていた。自身で立ち上げたＩＴ系企業が成功し、すっかり、ラップ・ミュージックから遠ざかっていたが、そのせいでフィアンセから『ラップやってたときのほうが輝いてた』とフラれてしまったのだ。鈴木から誘いを受けたＦＵＮＩは、当初、乗り気ではなかった。しかし、イベントの終盤には駆けつけ、地元のバンドの演奏の上で久しぶりにフリースタイルを披露する。ラッパー、FUNIのキャリアが再開した瞬間だった。

桜本の未来

一六年一一月二〇日の日中、ふれあい館が桜本の児童公園で開催したイベント「桜本マダン」でも、同館に受け止められ、そして、自分の足で歩き出した子どもたちの姿を見ることができた。

その年の二月に「桜本フェス」でアリアナ・グランデを歌っていたナタリーは、歌詞を見ていたiPhoneをアコースティック・ギターに持ち替え、ルーツであるフィリピンのポップ・ソングをカバーしていた。傍らでは彼女の生まれたばかりの子どもを、職員の崔江以子《チェ・カンイジャ》が抱える。

続いて登場した、中高生によるラップ・グループ＝As chill bee（アスチルベ）の中には、一五年一一月、桜本を標的にしたヘイト・デモに抗して泣きながらスピーチを行った少年の姿があった。メンバーの一人が、ステージ代わりのブルーシートの上で叫ぶ。

「そこらへんの下手な大人よりかまともな信念持ってやってるから／マジメに闘って

んだ／桜本安寧／それで十分だな！」

　現在、鈴木とＦＵＮＩは、Ａｓ　ｃｈｉｌｌ　ｂｅｅと共にレコーディング・プロジェクトを進めている。クリスマス・パーティの日、ふれあい館に集まっていた彼らにカメラを向けると、少し照れくさそうにラッパー然としたポーズを取ってくれた。川崎ではＢＡＤ　ＨＯＰの次の世代も育ちつつあるのだ。壁には拙《つたな》いが力強く書かれた習字が飾られている。署名からするとおそらく日本語を学んでいる若者のものだ。

「練習すればするほど上手になる」

「頑張ればいいことがある」

　鈴木はＦＵＮＩの自宅で行ったＡｓ　ｃｈｉｌｌ　ｂｅｅのレコーディングについて言う。

「僕からお題を二つ出していたんですね。ひとつは、桜本ってどういう街なのかということ。もうひとつは自分の生き方はどういうものなのかということ。完成したものを聴いて、彼らがすごく考えてくれていることがわかってうれしかったな」

　その背景には、多文化地域としての川崎も時代が経《た》つにつれ、アイデンティティが変化していることがある。

「在日コリアンにしても子どもたちは、大体、四世だし、最近は六世が生まれていると聞きます。ただ、日本人と結婚をする人が多いから、全体的には、国籍や名前は日本のものになっていく。一方で、依然、朝鮮人というアイデンティティを持つ人もいるし、フィリピン人と結婚する人もいて、見た目でフィリピン人だと思われているけど、国籍は韓国、というケースもちらほらあったり。そういう中で子どもたちは、やっぱり、自分がどう生きていくか、みたいな普遍的な問題と向き合わざるを得ないんですね」

また、そういった状況において、ラップ・ミュージックは、子どもたちが楽しみながらアイデンティティを探す手段となっている。

「BAD HOPの子たちの存在は大きいと思います。だからこそ、成功してほしい。これまでも川崎からはラッパーが出てきていますけど、〝川崎なるもの〟にとらわれて挫折《ざせつ》してしまった人もいる。BAD HOPが起こしたムーヴメントが大きくなって、どこに行っても彼らにあこがれた子どもたちがラップをしているような現在、仮に彼らが挫折してしまったら、ダメージを受ける子どもたちは多いだろうから」

そろそろ、クリスマス・パーティが始まる時間だ。鈴木はこう話を締めた。

「今まで、桜本は閉ざされた空間だったと思う。川崎区のほかの地域から来た中学生の親御さんに、『私、小さい頃、親に桜本だけは絶対行くなって教えられてたんです』

と言われたこともある。ただ、閉ざされていたからこそ、さっき話したような温かさも育《はぐく》まれた。そして、今考えているのは、これからはむしろ地域を開かれたものにしていって、その温かい部分でもって、外でしんどい思いをしている人たちを助けられないかということなんです」

ＢＡＤ ＨＯＰは、過酷な状況から抜け出した体験をラップし、今や全国の若者に希望を与える存在になった。サンタクロースがやってこなかった子どもでも、サンタクロースになることはできるのだ。

第 14 話

トップ・ダンサーが受け継ぐ母の想い
——STUDIO S.W.A.G.

川崎区でSTUDIO S.W.A.G.を経営するDeeは、
アメリカの人気シンガーであるクリス・ブラウンと共演したこともある。

クラブチッタに登場したキッズ・ダンサーズ

ラップ・ミュージックはダンス・ミュージックでもある。リリックが過酷な現実を描き出す一方、ライムとビートはそこにみなぎる生命力の存在を教えてくれる。

「オレたちが流行《はや》らせたよ、この街にヒップホップを！」

二〇一六年一二月一三日、同文化の新たな聖地として知られるようになった川崎区を代表するラップ・グループ、BAD HOPは、躍進した一年を締めくくるべく川崎駅前のライヴホール〈クラブチッタ〉でワンマン・ライヴを行った。その模様はメディアでも大々的に取り上げられたが、クライマックスで先の通りに叫んだ二週間後の年の瀬、実はもう一度、同じステージに上がったのだった。

そして、その日、フロアを埋める観客の中に、前回よりもさらに若い子どもたちがいるのが目についた。首におもちゃのゴールド・チェーンをかけた少年、髪にピンクとパープルのリボンを編み込んだ少女。思い思いにめかした彼らが見つめる先で、リーダーのT-Pablowがゲストを呼び込んだ。

「〈STUDIO S.W.A.G.〉、キッズ・ダンサーズ!」

黄色いパーカーに格子《こうし》柄《がら》のパンツで揃《そろ》えた一〇人ほどの子どもたちが飛び出し、歓声を浴びながらかわいらしくも力強いダンスを披露する。

ヒップホップ・カルチャーはラップやダンスを含む複合文化だ。川崎にそれが根づき始めているのだとしたら、BAD HOPだけでなく、このイベントを主催していたダンス・スタジオもまた重要な役割を果たしているだろう。

地元の先輩よりも怖かった母親

平日の午後、ネオンではなく冬の柔らかい日差しに照らされた、まだ静かな仲見世通を抜けると、第一京浜を挟んだ向かいのビルの窓に書かれたSTUDIO S.W.A.G.という文字が目に留まった。階段を上がれば、一六時からのクラス「超入門HIP HOP」を受講する子どもたちがすでに集まりつつある。一〇歳ぐらいの少年たちが向かい合って宿題になっていたステップを確認し合う横で、まだ幼い少女がスタッフの膝《ひざ》に座って甘えているが、彼女もセットアップを着て準備は万端だ。そのとき、ドアが開いて、緑色の髪の男が入ってきた。「おはようございまーす」。いかにもいかつそうな男は、子どもたちの挨拶《あいさつ》に微笑《ほほえ》んだ。代表のＤｅｅだ。

ＳＴＵＤＩＯ Ｓ．Ｗ．Ａ．Ｇ．は、前身の〈ＳＴＵＤＩＯ ＢＬＡＳＴ〉から合わせるとすでに一二年もの間、川崎でダンスを教え続けている。ただし、一九八七年にこの街で生まれたＤｅｅが小学校一年生で踊り始めたのは、母・由香に半ば強制されてのことだった。

「お母さんは怖かったですからね」

Ｄｅｅは、事務室の壁に貼《は》られた彼女のたくさんの写真を見ながら言う。

「オレ、リズム感がまったくなかったんですよ。川崎って祭りが多いんですけど、川崎踊り（ご当地盆踊り）とか全然できなくて」

そんな少年が通わされるハメになったのは、伯母が藤沢市辻堂《つじどう》で経営する著名なダンス・スタジオ〈ＨＡＮＡ！〉だ。

「当時、ダンスは女の子がやるものだっていうイメージがありましたし、実際、スタジオでも男はひとりで、嫌でしたね。サッカーのほうがやりたかった」

それでも、Ｄｅｅの才能は早々と開花した。三年生になると湘南《しょうなん》地区へと移住、本格的にダンスに取り組み始める。

「いつの間にか夢中になってました。最初にショウに出たのが四年生のときで、横浜〈クラブ・ヘブン〉の深夜イベント。今じゃ子どもがそんなところに出るなんて考えられないですけどね。その頃、プロになろうって決めて、あとは一切、勉強もせずにダンス一筋で生きてきました」

Ｄｅｅの個性は広く注目を集め、二〇〇〇年の夏には映画『ジュブナイル』（山崎貴《たかし》監督作品）に主要登場人物の少年時代役で出演。また、同年暮れ公開の映画『バトル・ロワイアル』（深作欣二《ふかさくきんじ》監督作品）では、製作開始時に主役のオファーがあったものの、彼はダンスに専念するため話を断ったという。

やがて、〇一年、一三歳になったＤｅｅは湘南での修業を終え、川崎へと戻った。しかし、欲望渦巻く街が、夢へと向かう彼を回り道させることになってしまうのだ。

「湘南では海の目の前に住んで、休みの日はサーフィンをしたり、スケートパークに行ったり、健康的な生活を送ってましたね。それが川崎に戻ったら環境が変わって、カラオケに行ったり、隠れてタバコを吸ったり、遊び方も変わってしまった」

そんなやんちゃな少年をあらためてダンスへ向かわせたのは、やはり、母の力だ。

「ほんと、お母さんはイケイケで。オレが中学生のとき、八歳離れた弟のＹｕｓｅｉ

はまだ保育園に通っていて、お迎えは自分の担当だったんです。でも、先輩に呼び出され、ボコボコにされて行けなかったときがあって。家に帰ったら、お母さんがバット持って待ってて、またボコボコ。先輩とお母さん、どっちが怖いかっていったらお母さんでしたね」

由香も必死だったのだろう。周囲には道を踏み外していく子どもも多かった。

「ウチは友達のたまり場みたいになってたんですけど、家庭訪問で先生が来ると、お母さんが友達の分も面談してましたね。オレが家庭裁判所に呼ばれたときも、やっぱり、お母さんが『ちゃんと更生させるから』と言って少年院に行かずに済んだ。仲が良かった友達には行ったヤツも結構いて。さらに、中で職員の人を殴って長引いたり、親に沖縄に飛ばされたり。オレが不良の道に深入りしなかったのはお母さんとダンスのおかげだと思います」

そして、Ｄｅｅ自身が不良文化がはびこる川崎で、文字通り、ダンスの〝道〟を切り開いていったのだ。もちろん、〈クラブチッタ〉では一九八八年の開店以来、ダンスのイベントが頻繁に開催されていたが、川崎の路上で最初に踊ったのは彼らだったという。

「中学生のときに、夜、川崎駅前の〈ルフロン〉〈ファッションビル〉のショウウィンドウの前で踊り始めたんですけど、物珍しかったみたいで、不良の先輩も『ウィンドミル（背面を使って回転するブレイクダンスの大技）教えてよ』と言ってきたりとか、一目置いてくれた感じがありましたね」

十数年後の現在でも、ルフロンでは練習に励む若者を見ることができる。ダンスはすっかり川崎のストリート・カルチャーとなったのだ。

海外の若者もレッスンを受けるダンス・スタジオ

二〇〇五年、由香は念願のダンス・スタジオをオープンする。立地は現在よりもJR川崎駅から遠く、講師は高校に進学せずにダンスに取り組み続けていた一七歳のDeeのみであった。彼はすでにHANA！の時代からレッスンを受け持っていたものの、たったひとりでスタジオを支えることは、当然、簡単ではなかった。

「最初の生徒はYuseiで、その後も教えてたのはYuseiの同級生とか、近所の子どもとか。とにかく、お母さんは〝川崎で教える〟ということにこだわってたんです。それを通して地元を盛り上げたいし、『習いたい人が、わざわざ、川崎の外から通ってきてくれるぐらいのスタジオにしたいよね』って」

とはいえ、長らく経営が厳しい状態が続いた。

「有名なダンスの先生って、大抵、いろいろなところを掛け持ちで教えてるんですね。川崎の駅前にあるようなスタジオもそういう人を呼んで、生徒を集めてる。でも、お母さんは、『それだとスタジオの個性がなくなっちゃうから、Ｄｅｅはここ以外で教えちゃダメ』だと。ダンスに自信は持ってましたけど、評判はすぐには伝わりませんし、赤字続きで大変でした。『オレだって、外で教えれば稼げるのに』と思いながら、コンビニで働いたり、鳶《とび》の仕事をしてた時期もあった」

一方で、由香も借金をしながらスタジオを支えていたのだ。

「彼女がオレとＹｕｓｅｉの一番のファンで、才能を信じてくれてたんです」

しかし、一一年、由香は逝去《せいきょ》する。Ｄｅｅがダンス・バトルで名を上げ始め、私生活でもやはりダンサーであるＲＩＥと結婚、人生が順調に進み始めている最中での不幸だった。その後、スタジオの代表はＤｅｅが引き継ぎ、同時期にＹｕｓｅｉや、Ｄ－ＢＬＡＳＴというダンス・チームの仲間だったＹｏｓｈｉｋｉらと組んだ新たなチーム、ＫＩＮＧ ＯＦ ＳＷＡＧの活躍を通して彼はトップ・ダンサーとなる。現在、ＳＴＵＤＩＯ Ｓ.Ｗ.Ａ.Ｇ.は経営も軌道に乗り、今や川崎の外からもレッスンを受けるためにやってくる若者が後を絶たない。

「中国や韓国から来てる生徒も多いんですよ。今、アジア全体でダンスが盛んなんですが、オレらは出向いて教えるようなことはしないので、彼らは川崎にホテルを取って、ウチのスタジオでレッスンを受けるためだけに滞在してくれてるんですね」

「習いたい人が、わざわざ、川崎の外から通ってきてくれるぐらいのスタジオにしたい」という由香の夢はかなったのだ。そして、それは「Ｄｅｅはここ以外で教えちゃダメ」だという、ほかでもない彼女自身の考えたブランディングによって実現した。

「今、一緒にやってる仲間たちもほとんどは川崎の外から来たヤツらだし、お母さんに会ったことがないんです。でも、必ず、最初に彼女の持っていた考えを説明してます。そして、みんな感化されて川崎に越してくるっていう」

ＤｅｅとＲＩＥの名前は、一五年、アメリカのトップ・シンガーであるクリス・ブラウンと共演したことでさらに世界規模で知られ、以来、公演のために一年の半分ほどは海外で過ごすまでになっている。

「だからこそ、海外や地方から戻って、川崎駅の改札を出て時計台が見えた瞬間に『あぁ、帰ってきた』とホッとするんですよ。仕事以外で川崎から出ることはほとんどありませんし、休みの日も出かけるとしたら〈ラゾーナ〉。たまに渋谷にいると、知り合いに『Ｄｅｅが川崎空けて大丈夫⁉』とからかわれたり」

彼は母への思いを語り続ける。

「お母さんの考え通りにやり続けた結果の成功なんで——これからも、ダンサーとしての活動は海外に広げていきますけど、スタジオに関しては川崎から離れることはない。もちろん、まだまだ改善すべきところはたくさんあるので、とにかく、〝ここ〟を最強にしたい。それにしても、お母さんに見せてあげたかったですよ。スタジオの成功もそうですし、亡《な》くなった年に生まれたオレとRIEの子どもたちも」

EXILE TRIBEの誘いを断り、地元のラッパーとつながる

そして、由香の遺志はDeeの下の世代——Yusei〔らにも受け継がれている。

一九九五年生まれの彼は、前述の通り、幼少時代からDeeに鍛えられたこともあって、やはり、早くから頭角を現した。小学生でw-inds.のバックダンサーとしてNHK紅白歌合戦のステージに立ち、その後は、EXILE TRIBEのひとつ、GENERATIONSへの加入を誘われたという。

「でも、断っちゃったんですよね」

Yusei〔もまた何気なしに言う。

「スタジオを手伝う時間がなくなっちゃうと思って。オレはずっと川崎で兄貴と一緒にやってきたし、ようやく、成果が出始めてるところなんで。家族からは『なに勝手に決めてんだよ、相談しろよ』って呆《あき》れられましたけど、今はスタジオで教えながら、GENERATIONSの振付をやらせてもらってますし、間違ってなかったなと」

そんな自信たっぷりのYuseiでさえ刺激を受けたのが同郷、同世代であるBAD HOPの登場だった。

「オレはPablowたちが通ってた川中島中学の隣の富士見中学に通っていて、その頃から彼らは有名でしたし、むしろ、『怖いな』ぐらいの感じで見てた。自分は子どもの頃からダンスばっかりしてたんで、彼らとそんなに交わることはなかったんですよ。でも、何年か前に『高校生RAP選手権』を観《み》て、泣きそうになるくらい感動して」

そこには、川崎で恐れられていた不良から、この地を背負って立つラッパーとなったT-Pablowの姿があった。

「それで、思わずツイッターでPablowにDM（ダイレクトメッセージ）を送っちゃったんです。『同世代でこんなにカッコいい人を見たことがない。実はオレも川崎のダンサーなんですけど、真剣にヒップホップをやってるんで、いつかコラボレーションしたい』って。そうしたら、『Ｙｕｓｅｉのことを知らないわけないだろ！』という返信をくれた」

実際、Ｔ－Ｐａｂｌｏｗも、ＹｕｓｅｉとＤｅｅが所属するＫＩＮＧ ＯＦ ＳＷＡＧに一目置いていると語る。

「ある時期、川崎のしがらみが嫌になって、東京に越そうと思ってたんですよ。でも、そのことをＤｅｅさんに話したら、『川崎にいることが、アーティストとしての価値を高めるから絶対に離れないほうがいい』って。それで、やっぱりそうだよなって考え直した。ＫＩＮＧ ＯＦ ＳＷＡＧは川崎っぽいっていうか、Ｄｅｅさんも首もとまで墨が入ってたり、ストリートのにおいがするところが好きですね。彼らにしてもそうだし、川崎は才能のある人がたくさんいる街だって、今は思ってます」

市が打ち出す〝音楽のまち・かわさき〟などという計画とは別に、川崎は若者たちの動きによってヒップホップ・シティとして発展しつつあるのだ。

子どもを教えるということ

ＳＴＵＤＩＯ Ｓ.Ｗ.Ａ.Ｇ.では、川崎のさらに新しい世代も育ちつつある。前述のように、海外からプロ並みのダンサーがやってくるスタジオも、オープン当初は近所の子どもだけを相手にレッスンを行っていた。ただし、Ｄｅｅは決して手を抜かなかったどころか、今でも子どもこそがダンス・スタジオという場所の要《かなめ》だと考えているのだという。

「ダンサーの間では『キッズを教えられるようになったら一人前』って言われるぐらい難しいんです。むしろ、大人に教えるのは簡単。それと、大変だったのは、川崎特有の事情として親がいかついんですね。発表会の準備をしてるときに、『なんでウチの子がセンターじゃないんだ』と言って乗り込んできたりとか。みんな自分の子どもがかわいいのはわかるんですけど、それではレッスンにならないので、スタジオに親は入ってはいけないというルールをつくったり」

また、川崎は子ども自体、一筋縄ではいかない。

「なんだかんだいってもガラが悪い土地なんで、ある年齢に達するとダンスをやめちゃうんですよ。で、やっぱり、不良になってしまったり。もちろん、戻ってくるパターンもある。今はここで先生をやってるヤツもいますしね。最近は地元の友達が子どもを預けてくれるケースも増えてる。『Ｄｅｅのところだったら安心だ』って思ってくれてるんでしょうね」

子どもたちは、いつかのＤｅｅの姿でもあるだろう。そして、彼は母親からしてもらったように命をかけて向き合うのだ。スタジオの名前に冠した〝ＳＷＡＧ〟とは、〝自分だけのスタイル〟を意味するスラングだが、その言葉はＤｅｅの教育方針を示している。

「ウチのスタジオが大切にしてるのは、子どもに先生と同じダンスをさせるんじゃなくて、自分がカッコいいと思うダンスを見つけてもらうってこと。たとえ下手でも、表情がヤバいとか。そういうスワッグの追求は、ダンスをやめたとしても生きていく上で役に立つと思うんです」

さぁ、レッスンの時間だ。

第 15 話

双子の不良が体現する川崎の痛みと未来

——2WIN（T-Pablow、YZERR）

談笑するT-Pablow（左）とYZERR（右）。

双子のラッパーにあこがれる子どもたち

少年は必死に手を伸ばした。スマートフォンのスクリーンの中では、男がマイクを握って、ステージから満員のフロアに語りかけている。少年にとって彼はあこがれであり、救いを与えてくれる存在だった。しかし、少年は最前列にいるにもかかわらず、耳もとで発せられる少女たちの叫び声のせいで話の内容を聞き取ることができない。せめてシャッターを押そうとするものの、もみくちゃにされてピントが合わない。

そのとき、突然、少年の手からスマートフォンが奪われた。ハッとして顔を上げると、壇上から伸ばされた刺青《いれずみ》だらけの腕が、そして、キャップの下でいたずらっぽく笑う顔が目に映った。男はくるりと背を向けるとスマートフォンを掲げ、それをまた少年に返した。スクリーンをのぞき込めば、カメラを見つめる男の写真が表示されており、後ろを埋め尽くす若者たちの中に、ポカンとした少年もいた。

少年は宝物をもらったかのようにスマートフォンを両手で包み込んだ。歓声をかき消す重低音が鳴り響き、次の歌が始まる。

Rap My Pain Away
過去の痛みごと俺なら歌にしてく
Rap My Pain Away
歌ってくよ　お前らの痛みまで
Rap My Pain Away
背負った過去の数だけ未来はある
Rap My Pain Away
どんな場所でも必ず光が射《さ》す

——2WIN「PAIN AWAY」より

二〇一六年一二月一三日、JR川崎駅前の大型ライヴホール〈クラブチッタ〉で、インディの、しかも新人のラップ・グループとしては前代未聞《ぜんだいみもん》となるワンマン・ライヴを成功させたBAD HOP。だが、その一カ月後、グループのリーダーを務める双子のデュオ、２ＷＩＮの片割れであるＹＺＥＲＲは悔しそうに言った。

「正直、客は思っていたより入らなかったですね。もちろん、見た感じは満員でしたけど、やっぱり、入場規制をかけたかったなって」

一方、兄のＴ‐Ｐａｂｌｏｗは穏やかに言う。

「まぁ、これからですよ」

ここは、二人が通っていた川崎市立川中島中学校の目の前にある児童公園。彼らは懐《なつ》かしそうに学校の外観を眺めた。

「あの壁をよじ登って、屋上まで行ったヤツがいましたね。中学生ってなんでもできちゃうんだな。それこそ、人を殺しちゃうのってそういうような感覚ですよね」

午後の早い時間で、まだ授業中のはずだが、二人がいると知った生徒たちが学校を抜け出し、遠巻きに様子をうかがっている。すると、そこにジャージ姿の女性教師がやってきた。

「あの子たちに戻るように言ってよ。君たちの言うことだったら聞くから」

Ｔ‐Ｐａｂｌｏｗは照れくさそうに笑った後、息を吸って叫んだ。静かな住宅街に、日本で今最も注目を集める若手ラッパーの声が響き渡る。

「お前ら、勉強しろ！」

荒れた中学で起きた痛ましい事件

ただし、二人にしても真面目《まじめ》に勉強をするような子どもではなかったのだ。

T－Pablow（以下、T）「勉強なんて小二からしてないですよ」

YZERR（以下、Y）「オレなんか、最近、居酒屋で割り算の使い方を知りましたからね。割り勘のときに、『あ、そういうこと？』みたいな」

T「でも、国語は強かった。作文のコンクールで三回くらい最優秀賞を取ってる」

ちなみに、そこで教科書となったのはマンガである。

T「読書の宿題もマンガで済ませてました。特にヤンキーものには影響されましたね。小三で『クローズ』（髙橋ヒロシ作）にハマって、学校で抗争みたいなことをするようになって。それも、黒板の角に相手の頭を打ちつけて血がバーッと出て七針縫ったりとか、かなり本気の」

Y「で、校内では物足りなくなって、他校を順番に潰《つぶ》していったり。雑魚《ざこ》ばっかりで余裕でしたけど、そのうち、二〇歳ぐらいの先輩が出てきちゃってゲームオーヴァー」

やがて、中学生になった2WINは、いよいよ、学校という枠に収まりきらなくなっていく。
T「格好は完全にヤンキー。ニグロ・パーマかけて、制服は上着が超長ランで、中にタートルネックを着て、エナメルベルトをつけて」
Y「オレは短ランにボンタンで」
T「タバコ吸って。真面目なヤツはこの公園で吸うんですけど、オレらは校内を吸いながら歩いてました。先生とすれ違って『ういーっす』みたいな」
Y「最終的には、専用の教室がつくられて、『暴れるぐらいなら、ここにいろ』って話に」
T「テレビがあってソファがあってクーラーがあって、『最高じゃん』って。でも、見張りの先生にフザけてプロレス技をかけたら、被害届を出され、集団リンチ事件みたいなことになった」
もしくは、2WINの在学時、川中島中学校が荒れていたことを象徴する出来事として、生徒が教室から落下、死亡した事件がある。
Y「幼馴染《おさななじ》みなんですけど、中一のとき、そいつは鬼ごっこを授業中の教室でやってたんですね。みんなが勉強してる机の上をポンポンとジャンプしていくっていう。で、カーテンが閉まってる窓枠に飛び乗ったら、窓ガラスが開いていて、真っ逆さま」
T「さらに、その落ちたところを誰かが携帯で撮って、いろんな掲示板にバラまいた。めちゃくちゃな学校ですよね」
Y「ただ、当時は教師もクズばっかりでしたから。オレらをねちねち注意しておいて、家庭訪問に行った先で一四歳の女子生徒に手を出したりだとか。隠してたけど、子どもはみんな知ってる話だった」

ヤクザが天職だと感じていた

一方で、2WINと仲間たちは、地元の年上の不良からカンパという名目でもって、上納金を数十万円単位で徴収されていた。それを賄《まかな》うため強盗を繰り返し、中学校三年生時に集団逮捕、またもニュースとなる。

T「その責任を取る形で先生もみんな辞めてしまって。校内を生徒の親が巡回し始めて。いよいよ居場所がなくなり、毎日、駅前で飲み歩いてました」

そして、周囲が受験勉強をする中、2WINもさすがに将来のことを考え始めるが、彼らが進路として選んだのは、川崎の不良少年の定番である職人ではなく、むしろ不良を極めること……つまり、ヤクザだった。
T「中三のとき、先輩に『オレ、卒業したらその道に進むんで』って言い切っちゃってましたからね」
Y「『若いからお前らはダメだよ』『じゃあ、ハタチになったらお願いします』みたいな」
T「もともと、その筋の人が身近な存在だったんですよ」
Y「小学校のとき、プリントの『将来の夢』って欄に『ヤクザ』って書いた友達がいて。『それはねぇだろ』『じゃあ、金持ち』みたいなやり取りをする土地に育ったんで。中学に入ってからも、暴走族をやって、ギャングをやって、そうしたら、次はそっちでしょうっていう。普通に育ったヤツが普通に高校に行くのと同じ感覚。そもそも、オレは卒業のタイミングでも逮捕されてたから、進学って選択肢がなかった」
T「ずっとむしゃくしゃしてたというか、自分の人生、そういう道でいいやと思ってたし」
Y「開き直ってたよな。これより最悪になることはないだろうって」
T「あと、そのときはそれが天職だと感じてたんですよ。性格にも合ってた」
Y「もし本当になったとしたら、お前のほうが成功してたよ。オレの場合、つっぱっちゃってすぐにパクられそう。お前は人をまとめ上げるのも上手《うま》いし」
T「ただ、進路を聞かれたときに〝ラッパー〟とも答えてた。別に本当になりたかったわけではなく、『いつかラッパーになって、経験したことを歌ってやるぜ。だから、今は無駄じゃないんだ』って、自分がやってることを正当化するために」
2WINと仲間たちがラップを始めたのも、もともとは、年上の不良から「向こう（アメリカ）のギャングはラップをやってるんだから、お前らもやれ」と半ば命令されたことがきっかけだ。また、彼らはその流れで「BAD HOP」というクラブ・イベントを仕切る任務を与えられる。しかし、T-Pablowはラップにのめり込み、やがて、〝BAD HOP〟はラップ・グループへと発展するのだった。
T「働いてたバーを閉めた後、店の酒を飲みながら朝まで延々とフリースタイルをやってましたね。その後、『高校生RAP選手権』出場の話も先輩から来たんですけど、優勝したときはうれしかったというより、びっくりした。『え、オレでいいの？』って。生まれて初めて、真面目なことをやって認められたので」
Y「で、たまたま、『高校生RAP選手権』で顔を知られたがために、不良の道をドロップアウトすることになった。メディアに出た人間がそっちに進んでも説得力がないじゃないですか。だから、あの番組がなかったら、今頃は本職になってたと思う」

「いつも最悪なことをイメージしている」

それでも、彼らにはいまだに川崎のストリート・マナーが染《し》み付いたままだ。公園を出て、近所のなんの変哲もない中華料理店に入ろうとしたときのこと。曇りガラスのドアを開けた瞬間、先客を確認する2WINの表情は、地元にいるにもかかわらずまったくリラックスしていないように見えた。
T「こういう店にも不良のヤツらがいたりするんですよ。そうすると、ちょっと勘ぐっちゃうというか、身構えちゃいますよね」
Y「中には、オレらが有名になったことを妬《ねた》んでるヤツもいるし。川崎がほかと違うのは、すぐに手を出してくるところ。東京だとまず掛け合いがあるじゃないですか。川崎はいきなり殴ってくるから、気を抜けない」
T「マンションの前でたまってて、真面目そうな人に『どいて』と言われても無視してたら、若い衆《しゅ》を連れてきたりとか。『やべぇ、侮《あなど》った』っていうことも経験してますし」
Y「オレら、初対面のときは、明らかな年下にも敬語を使うんです。それは礼儀正しい人間でいたいっていうのもあるし——これは『ギャングキング』(柳内大樹《やなうちだいじゅ》作)のセリフですけど——『最悪なことがイメージできてる奴《やつ》』でいたいんで」

2WINがそういった川崎の、外の世界に出ることができたきっかけが「高校生RAP選手権」だった。その数年前、YZERRは深刻な少年犯罪者が入ることになる、いわゆる医療少年院で、カウンセラーから自身の特殊性を指摘されたという。

Y「オレの担当の先生は、酒鬼薔薇《さかきばら》(聖斗《せいと》)のカウンセリングもやってたらしいんですけど、見た目が土屋アンナみたいでさばさばしてる人だったから、ついいろいろと話してしまって。当時、一四歳で二回目の少年院。『それって確率でいうと東大に入るよりもすごい。エリート・ヤンキーだよ、君は』と言われましたね」

そこで、彼は初めて生い立ちを振り返った。

Y「先生は『本当に偏《かたよ》った世界で生きてきたんだね。おかしいということに早く気づいたほうがいい。洗脳されてるのに近い状態だ』と。そのときに、川崎って普通とは違う街なんだとわかったんです」

では、そんな彼らが育った家庭はどんなところだったのだろうか？　時計の針を戻そう。

家族で食卓を囲んだことがない

T-PablowことTPablowこと岩瀬達哉《たつや》とYZERRこと岩瀬雄哉《ゆうや》は、一九九五年一一月に生まれ、川崎区の臨海部を横断する神奈川県道六号東京大師横浜線——通称・産業道路沿いの街、池上新町で育った。

Y「家の目の前が産業道路で、日本一空気が悪い場所といわれていて」

T「そのせいか、子どもの頃から喘息《ぜんそく》だし、肌が弱いんですよ。外に出るときは保湿のクリームを塗るんですけど、帰ってきて拭《ぬぐ》うと汚れで真っ黄色になる」

そんな彼らの生活環境は身体に影響を及ぼしただけでなく、性格を、あるいは人生をも規定していった。内装会社を経営していた父と専業主婦の母の下、四人姉弟の末っ子として成長した双子の物心がつく頃には、家庭は困窮の只中《ただなか》にあったという。

Y「プールに行っても、数百円の入場料もないのでオレとPablowだけ入ってましたからね。おふくろは外で待っていて」

T「いまだに忘れられないのが、サンタに『靴下をください』って手紙を書いたんです。サッカーをやるとき、ボロボロで恥ずかしかったから。そうしたら、読んだおふくろが『買ってあげられなくて、ごめんね』って泣きながら外に飛び出してしまって。その日は帰ってこなくて、夕飯抜き。謝らなくていいから、メシつくってくれよって思いましたよね」

貧困の呼び水となったのは、父親が抱えた借金だった。彼は親会社の倒産により優に億を超える額を返済しなければならなくなり、いわゆる闇《やみ》金融にも手を出した。

Y「学校から帰ってくると、留守番電話のサインが点滅してるんで押したら、『てめえ、詐欺師《さぎし》！　このやろう、金返せ！』って怒鳴り声が再生されるとか日常茶飯事でした。ひどいときは取り立て屋が家に土足で上がり込んできて、母親が土下座してるところをビデオカメラで撮ったり」

T「親父《おやじ》は根はいい人。でも、運が悪くて借金をつかまされた。しかも、ヘルニアで働けなくなっちゃって。代わりに、おふくろが昼間は掃除、夜は工場のバイトをして家計を支えてたんですけど、だんだんと精神的におかしくなり……」

家族は崩壊していく。

T「『オレらの人生ってマンガみたいだな』と言ってました。ただ、ヤンキーマンガは好きでしたけど、『サザエさん』とか、違和感、ハンパなかったですよ。〝日本の家庭はこうあるべきだ〟みたいな。オレら、家族で食卓囲んでメシ食ったことなんてないですもん」

日曜の夕方、岩瀬家には電気が灯《とも》っていなかったのだ。

T「親父は家を出て、車検が切れたワゴンカーで生活するようになって。おふくろは、真っ暗な部屋でずっとブツブツ言っていて。自殺未遂も何回もしてます。家に帰ったらちょうど首を吊《つ》ろうとしてたり、屋上でうずくまってたり。オレらもそういう状況に向き合いたくなくて、遊び歩くようになりました」

気づけば、岩瀬兄弟は立派な不良になっていた。

Y「当時は親父のことも、おふくろのことも、めちゃくちゃ恨んでましたね。『こんな家庭で育ったんだから、不良になっても文句言えねぇよな？』って。『ひどい環境で育っても、立派になった人はいる』みたいな説教をする人がいるじゃないですか。何もわかってねぇなと思います」

YZERRは前述したカウンセラーの言葉を思い出す。

Y「先生が言ってたのは、犬のことを〝犬〟と呼ぶのは、周りが〝犬〟と呼ぶからじゃないですか。もし周りが違う呼び方をしてたら、自分もそうなるはずだと。それと同じで、オレの友達も小二でスカジャン着てタバコ吸って、喧嘩《けんか》してたようなヤツらばっかりなんですよ。みんなで、腹が減ったときはコンビニのメシ盗んで食ってたし。

それが当たり前で、悪いことだと思ってなかった」
　仲間が二人の家族だった。
Y「みんな、大体、貧乏。Ｂａｒｋ（ＢＡＤ ＨＯＰ）なんか池上町の１ＤＫに五人で住んでましたし。でも、あいつの家は笑いが絶えなくて。だから、Ｂａｒｋは貧乏を大してツラいとも思ってない。その心の余裕がウチにはなかった」
Ｔ「友達には母親がシャブ中（覚せい剤中毒）の売春婦で、家で客と寝てるところを見ながら育ったヤツなんかもいるんですよ。しかも、ずっと、虐待《ぎゃくたい》されてて、後から、自分が父親とは血がつながってない、客との間にデキた子どもだと知らされた。それで、『愛情がなかったのは、そういうことだったんだ』とわかったっていう」
Ｙ「そいつとか救ってあげたいけど、もはや、性格がねじ曲がっちゃって直らないんですよ。でも、そんな環境で育ってきたヤツを責められますかね？」

双子の未来計画

「Pain, pain, go away（痛いの痛いの飛んでいけ）」。両親にそう言ってもらえなかった少年は、しかし、「Pain Away」と自分でラップをすることによって、その痛みを癒《いや》したのだ。二〇一三年一〇月放送「高校生RAP選手権」第四回大会でT－Pablowが二回目の、続く一四年四月放送の第五回大会でYZERRが初めての優勝を果たすと、BAD HOPは本格的に活動を始め、アメリカのモードを川崎流に着こなしたラップ・ミュージックは、若者のみならず、ベテランのアーティストや、うるさ型のリスナーからも高い評価を得ていく。

T「『高校生RAP選手権』の一回目で優勝して、それでもいろいろ大変で。一年後にようやくしがらみがなくなって、第四回でもう一回優勝できたときに、ばあちゃんが泣いてましたね。『ヤクザになると思ってたから、よかった』って」

Y「『お前らより背負ってるものが大きい出場者なんていないから、大丈夫だよ』と言ってくれてたもんな」

T「それと、今になれば親父もおふくろもかわいそうだったなって思うんですよ」

Y「おふくろは芸術の才能があるっていうか、絵が上手いし、感覚もオシャレで。そういうところは受け継いでるのかもしれない。親父からもらったものは……あんなにひどい目に遭っても死のうとしない図太さかな」

YZERRはニヤリとする。2WINにとって過去は笑い話になりつつあるのだ。それよりも興味が向かうのは未来のこと。ミックステープとワンマン・ライヴをフリーで提供した一六年が投資期間なら、一七年は回収期間にする。アルバムを出し、ツアーを行う。自分たちの人生をマンガ化する。利益でランボルギーニを購入したいが、まずは免許を取らなければ。夢は膨らむばかり。そして、その夢を共有しているのが川崎で共に育った仲間たちだ。

T「BAD HOPのメンバーや友達の将来のためにも、オレらがしっかりしないとなって思うんですよね。それは、やっぱり巻き込んじゃったから。中三で一斉に逮捕されたヤツらも、オレらと出会ってなかったらグレてなかっただろうし、BAD HOPのメンバーも、オレらと出会ってなかったらラップをしてなかっただろうし。人生を変えた責任を取らないと」

Y「でも、あいつらもオレらと出会ってなかったら絶対つまんねぇよ。それに、みんな才能あるしな。もちろんもっと鍛えなくちゃダメだけど、寄せ集めじゃなくて、幼馴染みで組んだグループでこれだけイケてるっていうのが、まさにヒップホップだと思うし、誇らしい」

また、その夢はラップ・ミュージックの枠にとどまるものではない。T－Pablowは若いうちにアーティストとしては引退をし、ビジネスに挑戦したいという。果たして、そのとき、彼らは川崎に住んでいるのだろうか？

T「結婚してるだろうし、奥さん次第かな」
Y「オレは海外に移住してると思う」
T「BAD HOPで沖縄に住もうっていう話もあったな。でも、もうちょっと川崎かな。サボるから。沖縄に行ったら環境が良すぎてリリックを書かなくなりそう」
Y「あと、オレ、川崎で子ども向けの無料の〝塾〟を開きたい」
T「タダでゴハンが食べられて、タダでレコーディングができて」
Y「オレらがプロデュースするから、すごいシャレたつくりになりますよ」
二人の活《い》き活《い》きとした話しぶりが、場末の中華料理店を未来の川崎に変えた。そこには、まぶしい光が射《さ》していた。BAD HOPは光源に向かって歩みを進め、後ろを無数の子どもたちがついていく。痛みから遠く離れるように。

EPILOGUE

本書は月刊誌『サイゾー』で二〇一六年一月号から一七年四月号にかけて連載した「川崎」に大幅な加筆を施し、一七年一二月に単行本として刊行された。今回の文庫化にあたって改めて文章を整えたが、内容にほとんど変わりはない。企画が立ち上がった経緯について簡単に説明しておくと、川崎を舞台に選んだのは、本書の中で何度も書いている通り、同地で一五年、中一殺害事件をはじめとして、陰惨かつ、現在の日本が抱える問題を象徴していると思える事件が立て続けに起こったからだ。とは言え、取材を通して事件の〝真相〟を明らかにしたかったわけではなく、事件のバックグラウンド＝〝深層〟に入り込みながら、そこに差し込む光のようなものが書ければと考えた。そして、そういった着想をもたらしてくれたのは、やはり本書の中で何度も書いている通り、川崎から登場したＢＡＤ ＨＯＰという類稀《たぐいまれ》なラップ・グループの存在にほかならない。

別の言い方をすれば、BAD HOPのほかにこれといった取材対象の当てはなく、連載は見切り発車で始まった。その後、出会いが出会いを呼ぶような形で魅力的な人物たちと知り合っていったわけだが、先の展開が見えないまま、月一回の締め切りをなんとか乗り切ってはすぐに締め切りがやってくるという流れが最終回まで続いた。

本書に一冊を通した起承転結のような明確な構成がなく、短編集、もしくは文字通りルポルタージュ（現地からの状況報告）の体裁になっているのはそういった理由である。しかし、川崎で生きる多様な人々を描くためには、それをひとつの物語に押し込むのではなく、このような手法を採用するのがベターだったと自負している。

また、通して読んでもらえば、各章に張られた様々なリンクが結びつき、テーマが浮かび上がってくるのを感じてもらえるのではないだろうか。例えば、もともと、本書では音楽を主軸にするつもりはなかった。しかし、取材を進める中で痛感したのは、（元）不良少年たちが人生を軌道修正する際に、音楽――大袈裟《おおげさ》な言い方をすればそれを含む〝文化〟がいかに重要かということだ。もちろん、そのような観点には、筆者が〝音楽ライター〟であることも関わっているに違いない。客観的な立場で普遍的なことを書こうと努力したが、本書はあくまでも〝磯部涼の（見た）『川崎』〟であり、もしくは、『川崎』には無数のヴァージョンが存在し得るはずだ。取材後の楽しみに、焼肉をはじめ、中華料理、ペルー料理といった様々なルーツを持つ料理や、大衆居酒屋から洒落《しゃれ》た店まで、川崎の豊かな食文化を堪能《たんのう》することがあったが、そのテーマだけでもう一冊、本がつくれるに違いない。

即時的に書いていったからこそ、取材後の状況も多少書いておいたほうがいいだろう。まずは取り上げた事件のその後について。中一殺害事件は裁判の結果、殺人と傷害の罪で起訴された少年Aには懲役九年以上一三年以下、傷害致死罪で起訴された少年Bには懲役四年以上六年六カ月以下、やはり同様の罪で起訴された少年Cには懲役六年以上一〇年以下という、いずれも不定期刑が言い渡され、軽すぎるとの声も上がった。なぜ、加害者がこういった事件を起こすに至ったのか、その背景についてもまだまだ分析されなければならないだろう。簡易宿泊所火災事件は放火犯がいまだ捕まらない一方、行政は被害を拡大させる要因となった違法建築の取り締まりを強化、それによって多くの宿泊所が潰《つぶ》れ、日進町の風景はすっかり様変わりしている。

ヘイト・デモをめぐる状況にも大きな動きがあった。地元住民やカウンターが徹底的に対抗した効果もあって、一七年一一月、川崎市は、ヘイト・スピーチを行うおそれのある団体に公園や公民館といった公的施設を使用させせない事前規制のガイドラインを策定、一八年三月から実施。更に一九年一二月には、全国初となる罰則付きのヘイト・スピーチ禁止条例を制定、二〇年七月から施行した。しかし、現在でも条例の網の目を潜《くぐ》るように、デモではなく街宣という形を取って公衆の面前でヘイト・スピーチが繰り返されており、依然、課題は多い。

登場人物たちのその後に関しても幾つか。BAD HOPは一八年一一月に単独で日本武道館公演を成功させ、最早《もはや》、若手という括《くく》りに収まらない、日本のヒップホップ/ラップ・ミュージックを代表する存在となった。二〇年三月には横浜アリーナ公演を予定していたが、新型コロナウイルスの感染拡大を受けて無観客の配信イベントとして開催、これも話題を呼んだ。そこでのT－Pablowによる、コロナ禍下でのヘイト・スピーチに警鐘を鳴らすMCも堂々たるものだった。ちなみにメンバーの構成に関しては変化があって、本書に登場するAKDOWとDJ KENTAは脱退した。

〈C.R.A.C.KAWASAKI〉のJとPも既に同団体から離れた。LIL MANこと鈴木大将は川崎を出ることなく、飲食店経営者として成功している。「DK SOUND」はコロナ禍下の二〇年六月に配信イベントという形で復活、その日の模様は今でもホームページで聴くことが出来る。〈ゴールドフィッシュ〉は残念ながら一八年四月で閉店してしまったものの、大富寛はDJ＝カルロスひろしとして注目を集めつつある。君島かれんは一八年二月に麻薬取締法違反容疑で逮捕、執行猶予《ゆうよ》付きの有罪判決を受けたが、現在は大阪に拠点を移し、ダンサー、そしてラッパーとして活躍している。FUNIはソロでアルバム『KAWASAKI2』を制作した他、ラップのワークショップを開催、全国を飛び回っている。また、A-THUGはSCARSを再始動させたが、二一年一月、メンバーであり本書にも登場するSTICKYの訃報が届いた。ひたすらネガティヴだが、それでも前に進んでいくような彼のラップは唯一無二《ゆいいつむに》で、川崎の夜を思わせるものだった。冥福《めいふく》を祈りたい。

続いて、文章には登場しないが、本書に協力してくれた人々について。BAD HOPのミュージック・ヴィデオを手がけ、現在はマンガ家としても知られるGhetto HollywoodにはBAD HOPとの最初のミーティング以降、様々な形で協力してもらった。DJ MAYAKUにはゴールドフィッシュを、編集者／文筆家で社会運動家である野間易通には彼が関わる反差別団体〈C.R.A.C.〉から派生したC.R.A.C.KAWASAKIを紹介してもらった。そして、そのC.R.A.C.KAWASAKIから〈ふれあい館〉を、現在は同施設の副館長を務める鈴木健からFUNIを紹介してもらい……というように、本書は形を成していった。そこに関わった人々の名前をすべて挙げることはできないが、感謝を捧《ささ》げたい。

写真を担当した細倉真弓の作品が持つ象徴性には、取材を進め、文章をまとめる上で大きな刺激を受けた。編集の中矢俊一郎は筆者の無茶な提案やひどい遅筆にもしぶとく付き合ってくれた。彼ら、制作チームにも感謝を。

最後に。本書の内容には、筆者が音楽ライターであること以上に、父親であることが強く影響しているように思う。取材と執筆を、一五年五月に生まれた娘の育児と並行して行いながら、川崎の若者たちをいつの間にか親の目線で見るようになっていた。週末も仕事に明け暮れる筆者に代わって、実際に育児の多くを担当してくれたのは妻で、二〇年三月に息子が生まれて以降は更に苦労をかけてしまっている。ありがとう。ともあれ、役立たずの父親としては娘と息子が、これからの子供たちが、生きていく上で少しでも糧《かて》になる言葉が綴《つづ》れていればいいのだけれど。もちろん、様々な世代の読者に楽しんでもらえれば幸いだ。


二〇二一年三月（文庫化にあたって単行本版のエピローグに加筆修正した）

磯部　涼

［参考文献］

橋本みゆき「共に生きるコリアンな街づくり―川崎『おおひん地区』の地域的文脈」『在日朝鮮人史研究』第四三号、在日朝鮮人運動史研究会（編）、緑蔭書房、二〇一三年
土屋和代「『黒人神学』と川崎における在日の市民運動―越境のなかの『コミュニティ』」『流動する〈黒人〉コミュニティ―アメリカ史を問う』樋口映美（編）、彩流社、二〇一二年
神奈川新聞「時代の正体」取材班（編）『ヘイトデモをとめた街―川崎・桜本の人びと』現代思潮新社、二〇一六年
永井良和『定本　風俗営業取締り―風営法と性・ダンス・カジノを規制するこの国のありかた』河出書房新社、二〇一五年
友川カズキ『友川カズキ独白録―生きてるって言ってみろ』白水社、二〇一五年

解　説

望月優大

磯部涼氏の『ルポ川崎』は、川崎中一殺害事件の〝深層〟への関心を起点に、首都圏郊外の路上から現代を見つめたクールで良質なルポルタージュだ。

ドヤ街の火災事件、排外主義を叫ぶヘイト・デモ、対抗するカウンター、多様で複雑なルーツや背景と共に育った子どもたち、そんなかれらを支えようとする大人たち。サイファー、BAD HOP、池上町。競輪場、堀之内、DK SOUND。ラゾーナ川崎やタワーマンション、あるいは武蔵小杉《むさしこすぎ》や北部のニュータウンへの言及もあるが、読めば明らかな通り、著者の眼差《まなざ》しは最南端の川崎区、沿岸部に広がる工場地帯、さらにはラップやダンス、スケートボードなどのストリートカルチャーへと〝偏《かたよ》っている〟。だから、ある種の客観性や中立性に根ざした『白書川崎』を期待する人に本書はおすすめできない。一五〇万もの住民が暮らす川崎市のことが、空からドローンで撮影するようにして描かれているわけではないからだ。

著者自身が記しているように、『ルポ川崎』はあくまで〝磯部涼の（見た）『川崎』〟

である。その大きな特徴の一つは、著者自らではなく、著者が川崎で出会った一人ひとりの川崎観を集めていることだと思う。

実際に生きられた感覚は、誰かが自ら語るか、あるいはほかの誰かがその言葉を聴き取って伝えるかしなければ他者には知ることができない。本書を読んで実感させられるのは、たとえ同じ時期、同じ場所に暮らしていても、一人ひとりの経験や感覚は大きく異なり得るという当たり前の現実だ。その差異には、一人ひとりが立たされてきた位置とそこからしか見えない情景が深く刻み込まれている。ルーツ、ジェンダー、階層、年齢、仕事、家族、仲間、文化。『ルポ川崎』は、それらの差異をひとつにまとめない。

印象に残ったのはふれあい館の鈴木健による「(リーマン・ショックで)底が抜けた」という言葉だ。「リーマン・ショック以前は、日本人が外国人労働者のレヴェルに転落していくイメージだった。それが、いわば底辺で横並びになったんです」。鈴木が続けて語った言葉にはさらにハッとさせられた。著者が探した〝深層〟の重要な一部分が、そこにあるような気がしたからだ。

「昔だったら底辺からなんとか這《は》い上がれたのが、今は未来をイメージすることすらできない。子どもに、『将来の夢は何?』って聞けないですもん。『親と同じで、役所から金をもらって生きていくよ』って答えたヤツもいました。だから、『将来の予定は何?』

って聞くようにしてるんです。〝夢〟はあまりにも現実味がないけど、〝予定〟だったら思い浮かぶし、人は〝予定〟があればとりあえず生きていけますから」。

かつて上下の関係にあった日本人と外国人労働者とはもはや横並びになった。それは日本人から〝夢〟がなくなり〝予定〟だけが残るという下降プロセスの結果として発生した。逆に言えば、外国人労働者においては最初から〝夢〟が奪われていた。つまり、ここでは〝成り上がり〟への信頼が国籍やルーツに関わらず全般的に崩壊するという形での平等化が察知されているのではないか。

高度成長期、多くの日本人は階層移動の野心を抱いて生きていた。だが、同じ場所、同じ時代に、在日コリアンに対する就職差別は当たり前のことだった。同じ社会はいくつもの顔を使い分ける。日立就職差別裁判で、原告の朴鐘碩《パクチョンソク》氏に対する採用取り消しを認めないとする地裁判決が出たのは一九七四年のことだ。〝夢〟と上昇志向が充満する社会は、剝《む》き出しの差別で少数者から〝夢〟を奪う社会でもあった。

その後、バブル経済の真《ま》っ只中《ただなか》で、ニューカマーと称される新たな外国人労働者が多数来日するようになる。好景気は人手不足を招来し、国はたとえ不法就労でも企業側のニーズを慮《おもんぱか》って黙認した。政府は日系人の受け入れ拡大、研修・技能実習制度の創設などによって、一九九〇年代以降は海外からの出稼ぎの流れをさらに加速していく。だが、かれらはあくまで単純労働分野における一時的な労働力、景気の調整弁としてのみ捉《とら》えられ、日本への定住やキャリアの上昇は想定されていなかった。

二〇〇八年のリーマン・ショックは製造業を中心に日本経済を直撃し、年越し派遣村に象徴的だが、日本にも貧困があるという事実に改めて注目が集まる契機となった。翌年九月に政権交代を遂げた民主党は、貧困の実態調査を選挙のマニフェストに掲げており、政権を担《にな》うと日本で初めて相対的貧困率を発表することになる。

実際のところ、低賃金かつ不安定な非正規雇用の割合は、バブル崩壊後の低成長の中でずいぶん前から増大しており、女性や外国人など、日本社会が〝主たる稼ぎ手〟として想定しない労働者の多くが、すでにその内部へと組み込まれていた。だが、リアリティの大きな更新には男性かつ日本人である労働者たちの苦境が必要だったのだろう。その意味において、リーマン・ショックは確かに時代を画した。

鈴木の言葉に戻れば、それは〝夢〟が失われた時代であり、〝生まれに関わらず誰でも成り上がれる〟という意味での戦後的なフェアネスに対する信頼が喪失した時代だとも言えるだろう。繰り返しになるが、差別的な構造の中で被差別の位置に立たされてきた人々にとっては、ここで言う公正さなど元から幻想に過ぎないことは明白だった。だが、もはやマジョリティにとってすら〝成り上がり〟の幻想が崩壊したという感覚が、〝底が抜けた〟という言葉の背景には存在するのではないか。

だからこそ、と言うべきか。著者は本書を通じて〝光〟を探し続けているように思える。ＢＡＤ ＨＯＰに主役級の位置付けを与えているのも、かれらがまさに〝底が抜けた〟あとの川崎から〝夢〟をつかんだ存在だからではないか。

本書の単行本出版後の二〇一八年にリリースされた「ＫＡＷＡＳＡＫＩ ＤＲＩＦＴ」でも、Ｔ－Ｐａｂｌｏｗは新たな選択肢としてのラッパー像を提示している――「川崎区で有名になりたきゃ、人殺すかラッパーになるかだ」。もちろんあまりに極端な二択ではある。だが、著者が迫ろうとした事件の〝深層〟のうちには、この言葉がそれでも持ってしまうリアリティが確かな場所を占めているのではないか。そして恐らく、この二択の間に広がる広大な空間においてこそ、「〝予定〟があればとりあえず生きていける」という言葉が静かに、そして切実に響き渡っているように思うのだ。

実際のところ、ラッパーになるという新たな上昇経路が誰にでも開かれているわけではない。実力次第と言えばフェアだが、席数があまりに限られていると見ればアンフェアにも映る。一時はＢＡＤ ＨＯＰと紙一重の存在だったＬＩＬ ＭＡＮの言葉。「うーん、オレはなんで消えてしまったんでしょうね？」――なぜ誰かは成り上がることができて、なぜほかの誰かにおいてはそれが難しかったのか。

少年時代を振り返ってＹＺＥＲＲは言う。「当時は親父《おやじ》のことも、おふくろのことも、めちゃくちゃ恨んでましたね。『こんな家庭で育ったんだから、不良になっても文句言えねぇよな？』って。『ひどい環境で育っても、立派になった人はいる』みたいな説教をする人がいるじゃないですか。何もわかってねぇなと思います」。

当時の彼の理解は「自分のせい」とも「社会のせい」とも異なる。「親のせい」だ。だが、それは「親自身における『自分のせい』」という意味では、平成の下り坂に跋扈《ばっこ》した自己責任論の変種だとも言えるだろう。親にはもっとやりようがあったはずだと思うからこそ、〝恨む〟という経験として現れるのだから。

他方、大人になったＴ－Ｐａｂｌｏｗの言葉には、そこからのシフトが明瞭《めいりょう》に表現されている。「今になれば親父もおふくろもかわいそうだったなって思うんですよ」。成功の壁になっていたのは、豊かさを阻《はば》んできたのは、親自身の問題ではなく、かれらの人生をも飲み込んだ社会に巣食う問題のほうではないか。両親を語るＹＺＥＲＲの言葉も、否定から肯定のそれへと色合いを変えていた――母からは「芸術の才能」を、父からは「死のうとしない図太さ」を受け継いだのかもしれないと。

そんな川崎のラッパーたちが共通して示す、狭い意味での家族関係を超え、地元の子どもたちを支えていきたいという姿勢はとても力強い。「オレ、川崎で子ども向けの無料の〝塾〟を開きたい」（ＹＺＥＲＲ）。「オレも地元で出会ったような侮《あなど》れない大人になって、キング牧師やマルコム・Ｘみたいに、未来を生きる子どもたちにオープンソースとして使ってもらいたいんです」（ＦＵＮＩ）。

社会の底は抜けたのかもしれない。だが、選択肢を作ろうとして、〝光〟を与えようとして、もがくことをやめない大人たちだって、確かにいるのだと思う。

川崎区を中心に描く本書の大きな主題の一つが人々のルーツの多様性だ。外国籍住民の割合を見ると、川崎市の七つの行政区の中でも川崎区が突出している。二〇二〇年のデータでは、川崎市全体でおよそ三%のところ、川崎区は七%を超える。北隣の幸《さいわい》区は三%超だが、中原区、高津区、多摩区はそれぞれ二%台、宮前区と麻生《あさお》区は一%台にとどまる。同じ市内でもこれだけ大きな違いがあるのだ。

外国人排斥を訴えるヘイト・デモがやってくるのも川崎区だ。川崎競輪場もある富士見公園が集合場所となったヘイト・デモの取材で、一人の老人が著者に近づきこう話しかけた。「『朝鮮人はここから出て行け』ってヤツだろう?」「私も在日なんだよ。でもね、ここで生まれて、ここで育ったんだ。今さらどこに行けっていうんだい? 大体、彼らはここの人たちではないんだろう?」

「ここから出て行け」の〝ここ〟と、「ここで生まれて、ここで育ったんだ」の〝ここ〟。たとえ見た目が同じでも、ふたつの〝ここ〟は何から何まで違う。ヘイトの〝ここ〟は抽象的だ。毎日の暮らしや息遣いとは無縁な「想像の共同体」。同時に、政府の出入国管理を伴い実体化する国家としての〝ここ〟。それは「日本」のことだ。老人の〝ここ〟

はもっと具体的で、人間の生活や歴史から切り離すことができない。様々な人々が隣り合って暮らす地元としての〝ここ〟。それは「川崎」のことである。

ヘイトに抗《あらが》うことは、排外主義や外国人差別を許さないことだけでなく、国家を笠《かさ》に着た粗雑でズレた上から目線から、地元にある現実の暮らしを守ることでもあるのだと思う。老人の言葉にもあった通り、〝よそものは出て行け〟と叫ぶヘイト・デモのほうこそ、よっぽどよそものなのだ。

私たち一人ひとりの人間は、〝日本〟という抽象的な場所ではなく、より具体的などこかの〝地元〟に住んでいる。だが、その事実を忘れ、日々の意識が具体的な街から遊離するままに任せるとき、国家の境界線のみに寄りかかったヘイトの影がひたひたと忍び込んでくる。

桜本の少年の言葉。「僕が街を歩いていると、地域の人が〝アンニョン〟と挨拶《あいさつ》をしてくれます。僕には日本人の友達も、同じコリアン・ダブルの友達も、フィリピンやブラジル、ベトナムにルーツを持つ友達もいます。そんな中、ルーツのことでからかわれたり、からかったりするようなことはなく過ごしてきました」。

彼と彼の〝街〟が守られるには、反差別の規範が広く深く浸透していくことが欠かせない。越えてはいけない一線を明確にすることが、それぞれに違いのある人同士が安心して暮らし合っていくための大切な基盤になる。川崎市では二〇二〇年七月から全国初となるヘイト・スピーチの罰則付き禁止条例が施行された。今や川崎の人々は、反差別の最前線をも切り拓《ひら》こうとしている。

最後に。私が本書を最初に読んだときに感じた〝懐《なつ》かしさ〟のような感覚にも少しだけ触れておきたい。

私は子ども時代を東京都足立《あだち》区の北側に隣接する埼玉県南東部の草加市で過ごした。草加松原団地は一九六二年の完成当時に〝東洋一〟と言われたマンモス団地。市の東部には埼玉県で最初の工業団地である草加八潮工業団地もあり、西隣の川口市などと共に遠く群馬や栃木にまで広がる北関東工業地域の最南部を成す。同地域は川崎を含む京浜工業地帯とも、下請け関係などを通じて強く結びついている。

日本の戦後の高度成長は太平洋ベルトと総称される太平洋側の工業地帯が牽引《けんいん》し、それ以外の地域から大量の出稼ぎや移住労働者を吸収した。農村部から都市周辺部への大規模な人口移動は〝民族大移動〟とも呼ばれ、首都圏郊外の自治体が今も抱える膨大な人口の少なくない割合が、当時の国内移住者とその子孫たちである。秋田から川崎に流れ着いた友川カズキも、そのうちの一人だと言えるかもしれない。

私たちは〝日本〟や〝国家〟の目線で自らを単一的でのっぺりとした存在として理解することに慣れすぎている。だが、実のところ、それぞれの街には出自を異にする様々な人々が隣り合って暮らしているのだ。〝地元〟と〝田舎〟とが地理的に、あるいは文化的にも離れた状況にあるのは、決して外国籍の人々に限ったことではない。

一九八五年生まれの私にとって、高度成長はすでに過去になっていた。バブルは弾《はじ》け、工業の成長は止まり、地元の団地は寂れて老朽化していた。私が本書を読んで〝懐かしさ〟を感じたのは、きっとその時間を生きた経験によるものだと思う。

だが、子どもだった頃、自分が育った街の来歴やそこにどんな人たちが暮らしているのか、よくわかっていなかった。そんな私と同じように、『ルポ川崎』を通じて、改めて自分の地元の過去と未来に関心を持ち、考えるきっかけを得る人も多いかもしれない。

最初に書いた通り、本書は確かに著者なりの仕方で〝偏っている〟のだが、その偏りは同時にこの時代を切り取る普遍的な視座にもつながっている。成長のために膨張した街で、成長が終わった後にどう生きていけばいいのか。その問いに安易な答えはないが、〝光〟の可能性がないわけでもないのだ。「川崎」に深く関わることを決めた著者の眼差しも、そこを見ているような気がする。

（二〇二一年三月、ライター）

この作品は二〇一七年十二月サイゾーより刊行された。

ルポ川《かわ》崎《さき》

新潮文庫　い－139－1

令和三年五月一日発行

著者　磯《いそ》部《べ》涼《りょう》

発行者　佐藤隆信

発行所　株式会社 新潮社

郵便番号　一六二—八七一一
東京都新宿区矢来町七一
電話 編集部(〇三)三二六六—五四四〇
　　 読者係(〇三)三二六六—五一一一
https://www.shinchosha.co.jp

価格はカバーに表示してあります。

乱丁・落丁本は、ご面倒ですが小社読者係宛ご送付ください。送料小社負担にてお取替えいたします。

印刷・錦明印刷株式会社　製本・錦明印刷株式会社

ISBN978-4-10-102841-5　C0195